# Illusion der Sicherheit

Arno Meier

Es war nur ein Traum
Ein Traum von Menschlichkeit,
von Liebe,
von Miteinander,
dem Paradies,
nur ein Traum

1989, August
„Manchmal habe ich den Eindruck, als habe man mich auf einem fremden Planeten – am anderen Ende der Milchstraße – abgesetzt. Was ich hier soll? Ich weiß es nicht", sagt Prudence. „Momentan habe ich einfach das Gefühl mein Leben zu vergeigen!"
„Du kannst nicht dein Leben vergeigen, du kannst nur den Augenblick vergeigen", sage ich.
Prudence sieht mich mit ihren Bergseeaugen an.
Ich sage nichts und halte ihre Hand.
Es ist die Stille eines Sonntages, durchbrochen nur von einer Stimme, die zwischen den Mauern des Hinterhofs hallt. Zugeschlagene Türen und ein Motor, der ärgerlich brummend startet. Zuggeräusche am anderen Ende des Hofes. Dann wieder Stille – Sommerstille. Die träge Ruhe eines Tages, der himmelblau und brennend schwarze Schatten auf die Pflaster zaubert.
Prudence liegt neben mir in meinem großen Bett. So groß, so schön, so blond. Ihre Haare – schweißverklebt –

verdecken ihre Augen, während sie wieder auf mich steigt. Nur ihre kleine Nase und der Mund ragen aus dem Schleier von Haar und Duft, der ihren Körper umspielt. Sie zieht die Luft ein und stöhnt und ich verliere mich wieder, wie so oft an diesem Tag. Der leicht herbe Geruch ihres Parfüms, der immer stärker wird, die Haut heißer, bis sie strahlt wie glühender Sand. Erlösung in dumpfem Pochen und Stöhnen und Kälteschweißspuren auf den Schenkeln danach.

Ich schaue träge hinaus in den Hof und Prudence schläft. Noch immer Stille, noch immer Sonntag. Hitze und eine Stimme zwischen den Mauern eines Hinterhofes. So habe ich mir das Leben immer vorgestellt! Ich verschränke die Hände hinter dem Kopf.

Wir sind Schauspieler, Prudence und ich. Die Hauptrollen in dem Stück von Christopher Durant „Trotz aller Therapie". Ich bin dabei Dr. Stuart Framingham, ein Psychiater, der viel zu schnell kommt, deshalb Komplexe hat und möglichst viele seiner Patientinnen flach zu legen versucht. Eine schwierige, trostlose, unsympathische Figur. Machogehabe, Cowboystiefel, offenes Hemd mit schwarzer Brustbehaarung, Goldkettchen. 34 Jahre alt, angegraut, Glatze.

Es ist ein kleines Theater mit gerade einmal 250 Sitzplätzen, in dem wir spielen. Der Zuschauerraum leicht abgeschrägt zur Bühne hin. Es gibt keinen Orchestergraben und keine erhöhte Spielfläche. Nur der Übergang von dunklem Teppichboden zu hellen Metallfliesen bezeichnet die Grenze, die Zuschauer und Schauspieler trennt.

Prudence ist das, was man auf den ersten Blick als germanisch beschreiben würde: Einen Kopf grösser als

ich, langes, kräftiges, weizenblondes Haar. Rundliche Brille. Volle, sinnliche Lippen und eine sehr weibliche Figur. 100 % Frau! Ich streichle ihr seidenes, kräftiges Haar und ziehe die Decke über ihre kalten Schultern. Leider ist sie mit meinem Rivalen aus dem Stück zusammen. Bruce! Bruce – bisexuell – der ihr gleich bei ihrem ersten Date von seinem Liebhaber erzählt und Bruce, den sie eigentlich gar nicht leiden kann!
Natürlich heißt Bruce nicht Bruce, sondern Wolfgang, und bisexuell ist er auch nicht. Aber er steht zwischen Prudence und mir.
Ich weiß, dass Prudence ihren Bruce liebt. Sie ist ein gutes Mädchen – wenn auch ziemlich groß und ziemlich blond – und ich weiß, dass sie ihren Wolfgang nie verlassen wird und trotzdem…
Ich schaue auf Prudence die neben mir liegt und streichle ihr Haar, küsse ihre schweißverklebte Wange, die jetzt so kalt ist und sie lächelt ein wenig. Jedenfalls bilde ich mir das ein. Ich könnte sie stundenlang anschauen oder nur ihren Duft einatmen und mich in Träumen von einer gemeinsamen Zukunft verlieren. Nur dieses Wochenende, dann kommt Bruce zurück und Wolfgang, der seine Eltern besucht.
Es wird dunkel und Schweigen senkt sich herab. Nur das Atmen von Prudence und das ferne Grollen des Gewitters und dann Wind der die Vorhänge bläht.
Ich bin ganz still.

August 1989

„Ich bleibe hier", sagt Prudence und breitet eine Decke neben einer Kolonie von Kornblumen aus. Kornblumen, blau von der Sonne durchleuchtet wie ihre Augen. Sie breitet die Decke auf der Wiese aus und setzt sich. Ihr weißes Kleid mit den Rosenpunkten, das lange, blonde Haar zu Zöpfen geflochten. Ein Kreis, in dessen Mittelpunkt sie sitzt. Sie holt ihre Stifte und fängt zu zeichnen an.
Ich verschwinde, der Rest der Welt verschwindet und es existieren nur Kornblumen, blau von der Sonne durchleuchtet und sie.
Es ist heiß und ich döse vor mich hin. Der Geruch von Heu, Sommerwiesengezirpe und das Brummen von Bienen. Ich schließe die Augen. Alles ist, wie es ist. Ich bin mit Prudence zusammen. Wir haben nur eine kleine Vergangenheit und wir werden nur eine sehr kurze Zukunft haben, aber wir sind real, jetzt und im Augenblick. Prudence, die malt: Kornblumen, blau und sie ist erfüllt davon. Sie wählt die blaue Farbe und zeichnet die Form. Selbstvergessen, nicht von dieser Welt und doch hier. Sie hat keine Angst, denn sie ist ohne Zukunft und die Vergangenheit hat aufgehört zu existieren. So ist es immer mit ihr, das begreife ich jetzt. Ihr gezopftes Haar glänzt golden, eine Farbe wie die Ähren windgewiegt auf dem großen Feld hinter uns. Es ist Sonntag und es wird heute Sonntag bleiben.

August 1989.

Ich bin verheiratet. (Habe ich das schon erwähnt?)
Mit einer Tänzerin, so schön und so unglücklich, dass es mich zerreißt! Natürlich blond, natürlich blaue Augen, natürlich Bergseen – nur - dieses Mal schwimmt eine Insel in diesem großen Blau.
Wir haben zwei wundervolle Kinder und wir spielen Rollen. Rollen in die wir geschlüpft sind, weil wir uns ansonsten hilflos und verloren gefühlt hätten. Es sind Anzüge, die vor der Kälte schützen! Wir haben uns kennen gelernt um uns zu öffnen, um unsere Verletzlichkeit zu heilen, oder doch zumindest zu teilen, doch dann hat uns der Mut verlassen! Zu kalt – diese Welt ohne Schutz war so riesig, so groß und so kalt! Wie kann man in einer so großen, so kalten Welt sein Herz in andere Hände legen?
Und so haben wir uns auf dieser Bühne des Lebens nur zwei Mal nackt gegenüber gestanden. Zwei Mal uns unverhüllt in
die Augen gesehen - und es nicht ertragen!
Niemand hält diese Nacktheit aus. Also haben wir uns abgewandt und Rollen gespielt. Rollen, die nicht uns gehörten, Rollen, die tausendfach um uns im Angebot waren und wir haben es uns gegenseitig zum Vorwurf gemacht: Das Abwenden, die Furcht, die Flucht in die Rolle, die Feigheit vor dem Leben!
Warum verrätst du mich? Du hattest mir etwas anderes versprochen!

**Die Rollen:**
Ich weiß: Fremde Rollen zu spielen, nur weil man sie kennt, sind schlechte Voraussetzungen um eine Ehe zu gestalten – ich gebe es zu – sie taugen nicht einmal dazu ein Eigen - Leben zu führen!
Zu meiner Verteidigung sei gesagt, dass ich mir nackt, klein und erbärmlich vorkam und dass sich „Rollen anzuziehen" wie „Mensch sein" anfühlte und dass es alle machten! Ja, alle um mich herum sahen auch wie Menschen aus! Macht und Autos und Geld und die Jagd danach sind ebenfalls gute Kleider um sie über das „Nacktsein" zu streifen. Eine nahezu vollkommene Täuschung! Und es gab unendlich viele Rollen! Der Politiker, der Machtmensch, der Clevere, der Kluge, der Erfolgreiche, der Schöne, die Ehefrau, der Ehemann! Wir brauchten nur zu wählen und diese Hüllen überzustreifen. Sofort wissen wir was verlangt wird, was wir tun und was wir lassen müssen. Sofort **funktionieren wir** und wissen endlich wozu wir da sind! Allerdings brauchen wir jetzt alle Kraft, um diesen Anforderungen gerecht zu werden und haben keine Energie mehr, um etwas anderes zu versuchen. Unseren Familien ist es egal, sie haben uns beigebracht was sie selber konnten und wachen eifersüchtig darüber, dass wir uns in diesen sicheren, vertrauten Bahnen bewegen. Wir funktionieren und alles applaudiert! Sollten wir prominent sein, berichtet die Presse darüber, das Fernsehen zeigt Bilder von Geld und Macht und Luxus der uns winkt, wenn wir die Rollen gut spielen und Liebe, immer wieder versprechen sie uns Liebe. Wer die Steuern brav zahlt hat ein Anrecht darauf!
Und irgendwann halten wir diesen ganzen Rummel

tatsächlich für das Leben! Nur manchmal – in unserem Inneren – da wissen wir es besser: Wir haben das Leben gegen Sicherheit und eine bunte, lärmende Welt vertauscht!
Nun gut: Ich hatte und habe auch jetzt noch keine Alternative, keine Vorstellung wie es anders sein könnte. **Mir fehlte, oder fehlt die Phantasie dazu!**
Ich weiß und fühle, dass dies der falsche Weg ist, aber ich war und bin noch immer „sicher" in meiner Rolle gefangen.
So langsam beginne ich den Satz zu verstehen, den ich neulich einmal gelesen habe: *„Wer sich keine andere Zukunft als die Gegenwart oder die Vergangenheit vorstellen kann,* **hat keine Zukunft mehr!***"*
Ich meine, kein normaler Mensch kann doch glauben, dass die Rolle die wir als Menschheit auf diesem Planeten spielen irgendjemandem, oder gar der Erde gut tut! Dass wir unendliche Rohstoffe haben, dass wir mit unserem Klima machen können was wir wollen und dass es sich auf keinen Fall erwärmt. Oder dass wir Lebensraum zersiedeln und Urwälder abholzen können und das biologische Gleichgewicht unseres Planeten erhalten bleibt! Oder dass 60 Menschen die Hälfte des gesamten Weltvermögens besitzen können (was sie tun!) und die restlichen 7 Milliarden sich den Rest klaglos teilen! (was wir tun!).
Und das alles nur um unsere Rollen weiterspielen zu können, damit wir uns sicher fühlen? (Das geht „mit Sicherheit" schief!)
Als Einzelner sein Leben gegen die Sicherheit einer Rolle – **die immer das Leben vernichtet!** - einzutauschen ist eine Sache (Ich gebe mein Leben für die Sicherheit und

verliere es genau dadurch), aber das als Menschheit zu tun?
Wer Wachstumsbeschleunigungsgesetzte erlässt, um die wenigen, noch vorhandenen Rohstoffe noch schneller zu verbrauchen, wer glaubt, den ständig zunehmenden Unwettern und Taifunen in Luxusvillen oder Nobelkarossen, oder den Schaltzentralen der Macht entkommen zu können, oder jemand der beständiges Wachstum anstrebt – damit es uns gut geht - muss schon von sehr bescheidener geistiger Beschaffenheit sein.
Oder aber - er steckt in seiner Rolle fest und hält sie für das wirkliche Leben!
Oft betrachte ich heimlich die Tänzerin. So schön, so aufregend und kann außer ihrer Hülle, ihren ewig gleichen Abläufen und den immer gleichen Problemen doch nichts mehr sehen.
Ich wundere mich nicht, dass sie sich aufgemacht hat, um sich selbst zu suchen. Ich hätte mich auch gerne gefunden....

Aber jetzt bin ich in der Probe. Einer wirklichen Probe, in einem wirklichen Theater.
Es ist ein kleines Theater mit gerade einmal 250 Sitzplätzen. Der Zuschauerraum leicht abgeschrägt zur ebenerdigen Bühne hin. Es gibt keinen Orchestergraben und keine erhöhte Spielfläche. Nur der Übergang von dunklem Teppichboden zu hellen Metallfliesen bezeichnet die Grenze, die Zuschauer und Schauspieler trennt.
Wir laufen durcheinander und singen unsere Rollen, während weiter oben mein kleiner, siebenjähriger Sohn mit Autos spielt, meine elfjährige Tochter auf dem Fußboden ihre Hausaufgaben macht oder in Büchern

blättert, oder missbilligend zu uns herüber schaut: Wie können sich Erwachsene nur so albern benehmen!
Ich weiß, dass mich die weibliche Hauptrolle liebt. Sie ist das, was man auf den ersten Blick als germanisch beschreiben würde. Einen Kopf größer als ich, langes, kräftiges, weizenblondes Haar. Rundliche Brille. Eine sehr weibliche Figur und 100 % Frau!




10. Januar 2004, (15 Jahre nach 1989). Ich bin noch immer Schauspieler. (Sie kennen mich!).
„Ich hab da von einem Trainer gehört, der demnächst hierher kommt", eröffnete mir Josef vor ein paar Wochen während der Probe. „Wenn du Lust hast, komm doch einfach mit, das soll ganz interessant sein."
Dieses Mal (15 Jahre danach) ist das Theater wirklich groß, in einer wirklich großen Stadt. Ein Orchestergraben begrenzt die Spielfläche zum Zuschauerraum und die Bühne erhebt sich zwei Meter über dem funkelnden Parkett. Meine Gage hat sich mehr als verzwanzigfacht – ich habe es geschafft!
„Was für eine Art Trainer ist das?", frage ich.
Josef lacht. „Es geht um Rollen und Rollenspiele. Genau das Richtige für uns Schauspieler, da sind wir schließlich Spezialisten, oder?"
Und so bin ich hier gelandet, in einem Luxushotel in der Innenstadt, nicht weit vom Theater entfernt und warte mit etwa 200 anderen Menschen darauf, endlich eingelassen

zu werden. Teppichbelegte Gänge, teure Tapeten, Kronleuchter, goldverziert.
Wir (Josef und ich) stehen etwas abseits, selbst auf die Gefahr hin, dass nachher die besten Plätze vergeben sein könnten.
Wie immer wenn wir Zeit haben, erzählt mir Josef, gefragt oder ungefragt, seine Meinung zu Gott und der Welt.
Josef: „Das Spiel, das für mich das menschliche Dilemma am besten widerspiegelt ist „Age auf Empires..."
Josef ist der Bräutigam in Brechts „Kleinbürgerhochzeit", die wir gerade proben und ich bin der Vater der Braut. Wir üben schon seit einigen Wochen zusammen und ich bin ein wenig neidisch auf ihn. Früher hätte ich seine Rolle gespielt, aber jetzt (15 Jahre später) bin ich 49 Jahre alt. Josef ist 26. Ein sportlich, drahtiger Typ, zwei Köpfe größer als ich und breitschultrig. Ein Typ, den die Frauen lieben. Sanfte, braune Augen und schwarzes, volles Haar.
Wir sind Freunde geworden. Ich mag sein offenes Gesicht, und seine intelligente Art, sich mit gesellschaftlichen Problemen auseinander zu setzen.

**Das Spiel:**
Ich: „Ja das kenne ich gut." (Das Spiel Age of Empires).
Josef: „Du fängst mit ein paar Figuren in einer intakten Welt an. Es gibt wunderschöne Wälder, Meere mit Fischen, Rohstoffe in Hülle und Fülle. Die Bevölkerung fängt an Bäume zu fällen, Häuser zu bauen, Gold und Steine zu horten, Nahrung anzubauen. Nicht lange und sie bemerken durch Späher anderer Nationen, dass sie nicht allein auf der Welt sind. Kasernen werden gebaut,

um zu verhindern, dass die fremden Nationen das eigene Gebiet betreten, die Bevölkerung abschlachten und die Rohstoffe stehlen. Verteidigungsanlagen entstehen, Armeen werden aufgestellt, die wiederum jede Menge Gold und Holz und Nahrung benötigen…"
Josef kommt so langsam richtig in Schwung. Wie es seine Art ist gestikuliert er wie ein Wilder und die Seminarteilnehmer, die schließlich die „ Erleuchtung" erwarten, für die sie bezahlt haben, schauen uns befremdet an. Doch Josef kümmert sich nicht darum.
„Da die eigenen Rohstoffe bald zu Ende gehen, musst du nun selbst in andere Länder einfallen, deren Bevölkerung abschlachten, feindliche Armeen besiegen, während wieder andere Nationen bei dir das Gleiche versuchen. Du baust Universitäten die bessere Waffen möglich machen, Burgen und Schmiedewerkstätten, um effektiver als deine Gegner gerüstet zu sein. Und du musst das alles immer schneller tun. Spätestens jetzt ist der Spieler derart damit beschäftigt Rohstoffe abzubauen, noch bessere Taktiken zu entwickeln, zu verteidigen, anzugreifen, dass keine Zeit mehr bleibt, um an etwas anderes zu denken. (Oder etwa zu bemerken, dass sich das Angesicht der Spielewelt drastisch zu verändern beginnt.) Die wirkliche Welt versinkt und das Spiel ist „echt" geworden", Josef seufzt.
„Der Wettkampf: **Besser, schneller, stärker, klüger als…** ist in vollem Gange, eine Wettbewerbsgesellschaft entstanden. Alle - Manager, Banker, Politiker - sind von jetzt an so beschäftigt, so in diesem System gefangen, **dass sich niemand mehr nach dem Sinn fragt** oder vielleicht gar ein anderes Spiel vorschlägt!
Wenn dann nach ein paar Stunden im Idealfall die

Meldung auftaucht: "Sie haben gewonnen!" sieht die Erde - die anfangs voll von Wäldern, Nahrung und Rohstoffen war - erbärmlich aus.
Die Bäume sind abgeholzt, die Rohstoffe verbraucht. Häuser zerstört, Nationen ausgelöscht und Fische gibt es auch keine mehr.
„Sie haben gewonnen!", ist das nicht ein Witz?
Selbst die Gewinner kommen uns, trotz eines erst einmal guten Gefühls, (schließlich hat man gewonnen!) nicht wie Sieger vor, da auch sie auf einem ausgeplünderten, zerstörten Planeten ohne Rohstoffe herum marschieren müssen. Es gibt kein Gold mehr, keine Steine. Es kann nichts mehr entwickelt oder gebaut werden. Die Nationen sind am Ende!" Und Josef, der sich nun endgültig in Rage geredet hat, holt tief Luft. „Wer unsere Zukunft kennen lernen will, sollte dieses **alte Spiel** wieder einmal hervor holen. Genau so wird unsere Erde aussehen, wenn wir einfach weiterspielen!"
Ich: „Da hast du Recht Josef. Unsere Gesellschaft basiert auf Wachstum, d.h. wir müssen immer mehr und schneller konsumieren."
Josef: „Und das bei endlichen Rohstoffen!"
Ich: „Statt unsere Rohstoffe für unsere Kinder und Kindeskinder zu schonen, oder sie dazu zu benutzen Alternativenergien wie Sonne, Wind und Wasser auszubauen, verbraten wir sie in Blue-Ray-Spielern, tragbaren DVD-Playern, Computern, Plastikspielzeug aus China, Elektronik aus Taiwan und neuen Autos."
Josef: „Mangelnde Phantasie, sage ich!"
Ich: „Wie meinst du das?"
Josef: „Nun, alle wissen dass etwas schief läuft und keiner kann sich **vorstellen, wie es anders gehen**

**könnte."**
Ich: *„Wer sich eine andere Zukunft als die Gegenwart nicht vorstellen kann hat keine Zukunft mehr?"*
Josef: „Genau."
Ich: „Eigentlich kaum zu glauben, dass Wirtschaft und Politik alles daran setzen um „Wachstum" zu ermöglichen, statt anzufangen mit dem Rest unserer Ressourcen eine Gesellschaft zu verwirklichen, die nicht mit Höchstgeschwindigkeit auf einen ausgeplünderten Planeten zusteuert."
Josef: „Nicht nur das, die haben sogar ein Wachstumsbeschleunigungsgesetz verabschiedet! Verrückt, oder?"
Ich: (nicke). „Dümmer geht es eigentlich nicht mehr!"
Etwas weiter vorne kommt Bewegung in die Menge. Die Türe wird geöffnet und wir werden eingelassen.
Ich: „Es geht los. Jetzt bin ich wirklich gespannt!"




August **1989**. (15 Jahre früher).

Ich bin ein Schauspieler.
Abends kommen wir nach Hause. Meine Kinder sind müde und ich bin es auch. Meine Frau (wie bereits erwähnt) auf einem Selbstfindungsseminar, sechs Wochen schon.
Draußen ist es dunkel und die Nacht hat die Scheiben von außen schwarz bemalt.

Ich weiß nur eines: Wenn Frauen sich selber suchen und sich nicht finden – finden sie immer einen anderen Mann. Das ist ein Gesetz!
Und da sich keine Frau im Draußen selbst finden kann, weil sie sich in der Regel gar nicht verloren haben, enden diese Suchen immer gleich. Ich weiß also was auf mich zukommt.
Jecka unser Hund begrüßt uns überschwänglich. Eine Collie–Schäferhündin.
Jecka, die „Unter dem Bett Krokodiljägerin", Jecka die „Gespenstervertreiberin", Jecka die „Löwen aus dem Schrankjägerin."
Gut einen solchen Hund zu haben!
„Ich gehe noch kurz mit ihr runter", sage ich zu meinen Kindern. „Zieht ihr euch schon mal aus und putzt die Zähne, ich komme gleich zu euch!"
Sie sind müde, das kann ich sehen. Die Probe war lang. Sie brauchen Halt und Sicherheit. Sie spüren, dass etwas nicht in Ordnung ist und das Schreien meiner Frau, wenn sie mit mir streitet, weil sie Schmerzen hat, seelische Schmerzen, war nachts nicht zu überhören.
Ich war nie ein Romantiker, das nicht. Aber ich habe sie nicht sitzen lassen als sie schwanger war, ich war bei der Geburt beider Kinder dabei, ich habe hart gearbeitet und alle versorgt. Ich habe sie begehrt, die ganze Zeit, ich habe ihre Launen ertragen und sie konnte ein zweites Studium beginnen und es abschließen. Ich habe sie verteidigt wenn sie angegriffen wurde. Ich war zuverlässig da. Immer. Es hat uns an nichts gefehlt.
Das heißt, mir hat nichts gefehlt, wenn man einmal von ihrer Wohlgesonnenheit absieht. Die habe ich wirklich vermisst!

Die Luft draußen ist warm. Sommer, Nacht, Grillengezirpe. Am Himmel stehen ein großer Mond und viele Sterne. Der große Wagen, der kleine Bär. Ich weiß das, weil meine Tochter mir das erzählt hat.
Sie ist ein kluges, kleines Mädchen, mit wachem Verstand. Das Temperament und die Intelligenz ihrer Mutter und die Sturheit von mir.
Nachtwind und die riesigen Pappeln rauschen. Das hässliche, langestreckte Haus mit sechs Stockwerken und 96 Familien steht zwischen lauter Bäumen. Ein Spielplatz für die Kinder, ein kleiner Bach, der glucksend und murmelnd nachts an den Fenstern vorbei fließt. Ein See, den man in zehn Minuten zu Fuß oder aber in zwei Minuten mit dem Fahrrad erreichen kann. Ein See in einem Park.
Es ist schön hier zu wohnen und wann immer wir aus den Fenstern schauen, sehen wir Bäume.
Die Blätter rauschen und die Wipfel wiegen sich träge im Wind. Die Nacht ist voller Sterne.
Ich pfeife und Jecka kommt schwanzwedelnd angerannt. Sie schaut mich an und da ist dieses vertraute Gefühl, das ich immer habe wenn ich in ihre Augen blicke. Diese aufmerksamen Hundeaugen, die mich seit meiner Geburt betrachten. Natürlich ist es nicht derselbe Hund, aber es sind dieselben Augen und dasselbe Gefühl! Immer waren sie da, diese braunen, wachsamen Hundeaugen und haben mich durchs Leben begleitet. Fast so, als würde mich eine Seele in verschiedenen Körpern mein ganzes Leben lang behüten.
Wir gehen nach oben und es ist still. Schläfrig warten sie auf mich. Die Blondschöpfe die aus den Kissen ragen, die grünen und blauen Augen, die mich erwartungsvoll

ansehen. Das Vertrauen das sie mir schenken.
Ich nehme Jim Knopf und die Wilden 13 von Michael Ende und lese vor:
*„In Lummerland war die meiste Zeit schönes Wetter. Aber es gab natürlich auch manchmal Tage, an denen es regnete. Sie waren zwar selten, aber dafür regnete es dann gleich wie aus Gießkannen. Und so ein Tag war der, an dem diesmal unsere Geschichte anfängt.*
*Es regnete und regnete und regnete. Jim Knopf saß in der kleinen Küche bei Frau Waas und Prinzessin Li Si war auch da, denn sie hatte gerade 14 Tage schulfrei. Jedes Mal wenn sie zu Besuch kam, pflegte sie ein hübsches Geschenk für Jim mitzubringen. Einmal war es eine Glaskugel, in der eine winzige, mandalanische Landschaft zu sehen war, und wenn man die Kugel schüttelte dann schneite es darin. Ein anderes Mal schenkte sie ihm einen bunten Sonnenschirm aus Papier oder einen praktischen Bleistiftspitzer in der Form einer kleinen Lokomotive…"*
Li Si…
Ich denke jeder hatte einmal eine Li Si in seinem Leben. Die erste Schulkameradin in die man sich verliebt, das Mädchen aus der Nachbarschaft, beim Bäcker oder beim Frisör.
Und die meisten dieser großen Lieben enden traurig, weil die kleinen Jungs sich in die gleichaltrigen Mädchen verlieben, aber diese nur für ältere Jungs schwärmen.
Das ist tragisch!
Später wenn man alt geworden ist, ist es genau umgekehrt. Da schwärmen die nun groß gewordenen Jungs für die jüngeren Mädchen und schauen die gleichaltrigen Damen nicht mehr an. Die behaupten, dass

das unfair sei. In Wirklichkeit ist es aber nur ausgleichende Gerechtigkeit, wenn auch der Ausgleich für diesen Schmerz der Männer ziemlich spät kommt.
In der Mitte ihres Lebens versuchen viele von uns noch einmal Kontakt zu den Angebeteten von damals aufzunehmen, aber da die meisten geheiratet und den Namen geändert haben, können wir sie nicht mehr finden.
Ich glaube, dass die Frauen den Namen ändern müssen, damit wir sie auf keinen Fall mehr finden, oder gar treffen können, denn nur so bleibt das liebliche Bild, das wir noch immer in uns tragen erhalten! (Es gibt also durchaus einen Ort, an dem Frauen nicht altern!).
Meine Li Si war die Tochter des Geigenlehrers und natürlich brach auch sie mein Herz ohne es zu wissen. Ich habe keinen Augenblick in Ihrer Nähe vergessen. Ich weiß noch, wie wir in der Maiandacht auf einem Dorf, Seite an Seite, das Ave Maria gespielt haben, weiß wie ich jeden Morgen darauf gewartet habe sie endlich in die Klasse kommen zu sehen.
Braune Augen, braunes, langes Haar und die Bewegungen einer Gazelle.
Meine Eltern, die derart unsensibel waren, in eine andere Stadt zu ziehen und mir die Liebe meines Lebens zu entreißen, wunderten sich, warum ich in dieser neuen Stadt nicht mehr dazu zu bringen war weiter zu musizieren.
Damals nahm ich mir vor, diese erste, so bedeutende Liebe bei meinen Kindern nicht zu verpassen – und verpasste sie doch!
Aber jetzt, nach Jim Knopf, beten wir erst einmal. Dann nehme ich Johann in den Arm und danach Rebecca.

Ich bin glücklich. Ich schaue später noch einmal bei ihnen vorbei und sehe sie, gleich kleinen Kätzchen zusammengerollt, friedlich, im Traumland wandeln. Mein Sohn, mein kleiner Sohn, der bei mir glücklich und zufrieden ist, macht Schwierigkeiten in der Schule. Ständig legt er sich mit den Großen an, um den Respekt und die Aufmerksamkeit seiner Klassenkameraden zu bekommen. Das wird ihm sechs Jahre Sonderschule einbringen, was ich jetzt noch nicht weiß. Was ich aber weiß ist: Dass ich bald keine Frau mehr habe, weil sie sich selbst nicht finden kann.
„Wir sind nur im Moment real. Danach sind wir eine Geschichte, eine Erinnerung, bei der es keine Rolle mehr spielt, ob sie tatsächlich stattgefunden hat, oder nicht", lese ich später, als ich im Bett liege. Ich lösche das Licht.

10. Januar 2004. (15 Jahre nach **1989 - jetzt**).

Ich bin noch immer Schauspieler.
Ein kleiner Sitzungssaal. Weiße Tische. In Hufeisenform zusammengestellt. Metall. Blaue Stühle, gepolstert. An der Wand ein Whiteboard mit blauen, roten und grünen Stiften.
Davor er – Ulrich Eckehart. Vermutlich über 50. Glatze, grauer, kurz geschnittener Haarkranz, fast wie der Prior einer Abtei. Hager, drahtig. Lebhafte, braungrüne Augen unter buschig, schwarzen, nach oben gebogenen

Brauen. Große, leicht gekrümmte Nase. Lachfalten.
Sakko, weiß-schwarz. Blaue Jeans, Slipper. Angenehme
Stimme, mit der er spielt wie auf einem Instrument.
Große, aber nie übertriebene Gesten. Ich vermute:
Schauspielausbildung, Dramaturgie. Auf jeden Fall
Bühnenerfahrung, das sehe ich sofort.
Eckeharts Vortrag. (Er hält ihn, indem er beständig vor
den Tischen, hinter den Tischen und zwischen den
Tischen herumläuft).
„Die Geschichte der Menschheit lässt sich im Grunde
genommen auf einen Satz reduzieren: **Einige Wenige versuchen sich auf Kosten der Allgemeinheit zu bereichern, Macht, Geld und Sicherheit anzuhäufen und zerstörten damit früher oder später die Zivilisation in der sie lebten.**
So war es bisher. Mehr gibt es *in dieser Richtung* über
die Menschheit nicht zu berichten Es sei denn man wollte
noch eine Krankheit erwähnen, die den menschlichen
Körper befiel und sich ganz ähnlich wie die Wenigen
verhielt und die man Krebs nannte. Diese Wenigen und
den Krebs ereilte in der Geschichte stets dasselbe
Schicksal: Sie starben mit dem Körper den sie
ausgelaugt, oder mit der Zivilisation, die sie zerstört
hatten.
Natürlich leben wir nun in einer anderen Zeit und die
Frage wird erlaubt sein, ob wir nicht aus der Geschichte
gelernt haben und ob wir nicht auf einem ganz anderen
Weg sind, als unsere offensichtlich doch sehr
beschränkten Vorfahren?

Der Club of Rome, oder gar die NASA haben dies
untersucht und sind zu folgender Überzeugung

gekommen:

Nein!"

Eckehart schaut sich um.
„Egal welche Modelle der Club of Rome, die NASA, oder andere Institutionen, die versuchen unsere Zukunft voraus zu berechnen, durchspielen, es läuft immer auf einen Kollaps hinaus und das nicht erst in ferner Zukunft - sondern in den nächsten 20 bis 40 Jahren.
Welche Faktoren dabei hauptsächlich eine Rolle spielen?"
Eckehart geht an das Whiteboard, nimmt einen blauen Stift und schreibt:

> Bevölkerungswachstum
> Klimawandel
> Ressourcenknappheit
> Vermögensanhäufung (62 Menschen besitzen mehr als die Hälfte des gesamten Vermögens dieser Welt!)

*"Selbst wenn wir den Prozess des Ressourcenverbrauchs verlangsamen und von nur einer kleinen Anzahl (62) der Reichen ausgehen, die diese Ressourcen verbrauchen, konsumieren diese Reichen immer noch zu viel…*

*Diese Reichen tun alles, um das derzeitige System aufrecht zu erhalten - auch wenn es zum Scheitern verurteilt ist….* **(Zitat Huffington Post, April 2014)**. *…und läuten genau damit ihren eigenen und leider auch unseren Untergang ein."*

„Dem muss eigentlich nichts mehr hinzugefügt werden.
Und doch: Wundert es nicht, dass wir das alles so hinnehmen, dass wir seit nunmehr 110.000 Jahren nichts dazu gelernt haben sollen?
Sind das etwa „natürliche Zyklen" wie Leben und Tod bei denen wir letztendlich machtlos sind? Und wäre es nicht an der Zeit auch mal etwas Neues auszuprobieren?
**Schon wieder untergehen - ist das auf die Dauer nicht langweilig?"**
Eckehart nimmt seinen Spaziergang durch die Reihen wieder auf.
„Niemand kann sich im Übrigen damit herausreden es nicht gewusst zu haben. Es gibt die Geschichte, es gibt diese eben zitierten Untersuchungen der NASA, die Warnungen des Club of Rome, oder aber den in den 70er Jahren veröffentlichten Bericht Global 2000 der amerikanischen Regierung und und und.
Und alle sind sie frei zugänglich. Jeder kann sie lesen, selbst unsere Politiker!
Alle wissen es. Und doch verhalten wir uns wie Lemminge, die sich ohne innezuhalten in die besagte Schlucht stürzen. (Reiche **und** Arme werden die Folgen der Klimaerwärmung, des Rohstoffmangels und der Überbevölkerung sehr schnell zu spüren bekommen und mit unserer Zivilisation wahrscheinlich einfach wieder einmal ausgelöscht werden. (Wie oft wiederholt sich das eigentlich noch?)
Wann das passiert? In ferner Zukunft? Nein, in den nächsten 20 bis 40 Jahren!"
Eckehart lächelt. „Übrigens, die Lemminge sind gar nicht so dumm wie uns immer weiß gemacht wird und dass **die** sich blind in eine Schlucht stürzen ist ein Märchen!"

Er nimmt seine Wanderung zwischen den Tischen wieder auf.
„Was passiert da? Woran liegt das? Ist etwas mit unserer Entwicklung schief gelaufen? Haben wir etwa unseren Selbsterhaltungstrieb verloren?

Damals: **1989**.
Es könnte auch sein, dass ich gar nicht Schauspieler, sondern Lehrer geworden bin.
Ich bin ein Lehrer.
Klassenarbeit. Ich sitze am Lehrertisch, vor der grünen, kreideverschmierten Tafel.
Leises Räuspern. Ab und zu ein Seufzer. Das Rascheln von Papier und das Knarren der Stühle. Hüsteln.
Klackende Geräusche von zurückgelegten Linealen oder Kugelschreibern auf die Schreibtischplatte. Das Kratzen von Bleistiften und rhythmische Rubbeln von Radiergummis, die ehemals Sichtbares unsichtbar machen. Reißverschlüsse von Mäppchen, die geöffnet und wieder verschlossen werden.
Meine Eltern hatten mir vor Jahren klar gemacht, dass die Schauspielerei kein seriöser Beruf ist und dass ich mir das aus dem Kopf schlagen kann.
Sie haben mir das mit gepackten Koffern in unserem Flur verdeutlicht und mir so die Folgen einer „falschen Berufswahl" vor Augen geführt. Also bin ich Lehrer geworden!

Michael Ende. Die unendliche Geschichte.
*„Alles Getier im Haulewald duckte sich in seine Höhlen, Nester und Schlupflöcher. Es war Mitternacht und in den uralten, riesigen Bäumen brauste der Sturmwind. Die turmdicken Stämme knarrten und ächzten.*
*Plötzlich huschte ein schwacher Lichtschein in Zickzacklinien durchs Gehölz, blieb da und dort zitternd stehen, flog empor, setzte sich auf einen Ast und eilte gleich darauf wieder weiter.*
*Es war eine leuchtende Kugel, etwa von der Größe eines Kinderballes, es hüpfte in weiten Sprüngen dahin, berührte ab und zu den Boden und schwebte wieder aufwärts.*
*Aber es war kein Ball. Es war ein Irrlicht. Und es hatte den Weg verloren. Es war also ein verirrtes Irrlicht und das gibt es in Phantasien ziemlich selten..."*
So kam ich mir damals vor, als meine Eltern dabei waren mich aus ihrer Wohnung zu schmeißen.
Wie ein verirrtes Irrlicht.
Ich habe klein beigegeben. Ich habe meine Träume gegen Sicherheit verkauft. Ich verirrte mich und sitze nun hier: Ein verirrter Lehrer unter Verirrten, die alle so tun als würde das Leben noch vor ihnen liegen.
15, 16 oder 17 Jahre sind diese Jungen oder Mädchen alt und das Internet, Smartphone und das Fernsehen bestimmen was sie denken und erstreben. Ich denke mit Schaudern an den morgendlichen Gang zur Bushaltestelle an der etwa 20 Jugendliche stehen, alle tief über das Display ihres Handys gebeugt und Schnüre quellen aus ihren Ohren und nur einer steht aufrecht und schaut sich die Gegend an. Schon am frühen Morgen fremdgesteuert und mit Dingen vollgepumpt, die nicht

ihren eigenen Überlegungen entspringen, nicht ihre eigenen Gedanken sind.
Wenn deine einzige Freiheit nur noch darin besteht auszuwählen welche Website oder welche Community du aufrufst, welches der angebotenen Lieder du hörst und auf welchen der angebotenen Links du klickst, dann hast du ein Problem. (Oder eben keines, weil du ja nicht selber denken musst).
Ich denke an dieses alte Lied: „Die Gedanken sind frei!" Sind sie nicht, denke ich. Sie sind in diese kleinen Apparate eingesperrt und wollen da auch gar nicht mehr raus, weil es draußen für sie in Zukunft keine Arbeit, keine Rente, ja noch nicht einmal eine intakte Umwelt mehr gibt. Deshalb benutzen wir unsere Gedanken lediglich noch, um rauszukriegen welches Auto wir kaufen, welchen Urlaubsort wir besuchen und welche Vergnügungsveranstaltungen wir besuchen sollen (solange das noch möglich ist). Und nach uns die Sintflut, was große Teile der Menschheit bald nur allzu wörtlich nehmen dürfen!
Klar geht es auch um Sex. Es geht immer um Sex, aber darüber hinaus geht es um nichts.
Es ist alles so sauber hier, so geleckt. Die Straße stinkt ein wenig nach Benzin, während die Herbstgeister den Himmel blank geputzt haben, so dass er jetzt in tiefstem Blau erstrahlt. Der Papierkorb ist angekokelt und drüben stehen zwei abgefackelte Autos. Die Luft ist frisch und klar.
„Das machen die Jugendlichen also, wenn sie nicht gerade in ihre Handys starren oder Deutschland sucht den Superstar anschauen oder sich besaufen", denke ich. Und da finde ich es wieder gut, dass heute Morgen

alle so beschäftigt sind, dass Drähte und Kabel aus ihren Ohren quellen und dass ihnen irgendjemand sagt, auf welche Links sie klicken müssen, um mit einem aufgehenden Bild oder einer Melodie belohnt zu werden. So viele Belohnungen am frühen Morgen, so viele neu geschaffene Abhängigkeiten! So viel Zerstreuung! Irgendwie habe ich dabei das Gefühl sie bei Bedarf einfach abschalten zu können.
Nachher werden sie die Geräte aus den Ohren nehmen und dann werde ich ihnen erzählen was das Leben ist. Schade nur, dass ich es selbst nicht weiß!
In anderen Ländern sind 40, 50 oder sogar 65 % (Griechenland) von ihnen arbeitslos. Da reicht das Geld dann nicht einmal mehr für Handys, TV oder aber Computer. Und das ist ein Problem, denn was Jugendliche machen, die nicht in Handys, Computer oder in die Glotze starren, kann ich da drüben sehen. Also: Computer und Handys für alle und es kann passieren was will, es interessiert niemanden mehr!
(Wir hatten keine Computer oder Handys damals…). Die Folge:
Wir haben Autos angezündet und Dinge abgefackelt, damals in den 68er, 70ern. Wir haben gegen Atomkraft und Pershings demonstriert. Wir dachten dass Liebe und Frieden die Welt ein wenig besser machen könnten. Und so versuchten die Polizisten uns Liebe einzuprügeln und wir ihnen.
Klar war es naiv im Stadtgarten zu sitzen, zu saufen, oder zu kiffen, „House of the Rising Sun" zu singen, oder „We shall overcome" und dabei zu hoffen, dass die Welt brüderlicher oder friedlicher wird. Aber irgendwie war es auch cool und wenn du einmal gehört hast, wie mehrere

Tausend „We shall overcome" singen, bevor sie in eine Polizeiabsperrung donnern, vergisst du das nie!
Es war eine komische Zeit. Meistens vertrugen wir uns mit den Polizisten ziemlich gut und die waren auch oft gegen Atomkraft und kannten auch die Evakuierungspläne falls es schief ging und wollten auch nicht, dass ihre Kinder Krebs kriegten, aber dann bekamen sie ihre Befehle und wir gingen aufeinander los.
Ich nehme vor meinen Schülern seltsame Worte wie etwa „Zukunft" oder „Verantwortung oder gar Selbstverwirklichung" in den Mund und habe doch, genau wie sie, vergessen was sie bedeuten. (Habe ich schon erwähnt, dass ich jetzt einen Computer und ein Handy habe?). Auch ich habe mich einlullen lassen, habe meine Träume gegen Sicherheit vertauscht und sitze nun hier (angepasst!) und lasse mich von Google oder Facebook belohnen.
Klar müsste ich ihnen etwas anbieten können, was über das Geschwafel unserer Eltern von Zukunft und Wachstum hinausgeht, klar müsste ich ihnen sagen, dass es blödsinnig ist sich selbst verwirklichen zu wollen, indem man mit einem Seil am Fuß von einer Brücke springt, oder Rafting, oder Skiing oder was weiß ich für ein Ding macht. Aber was?
Ich hätte nicht klein beigeben sollen damals. Ich hätte als 18jähriger auch einfach meine Koffer nehmen und gehen können, aber ich habe es nicht getan. Kein Wunder also, dass ich den Jugendlichen nichts über Träume und Selbstverwirklichung erzählen kann!

Ich habe es doch getan!
Ich habe die Koffer genommen, wortlos. Bin zum Aufzug gegangen, ohne mich noch einmal umzudrehen und meine Eltern haben die Tür geschlossen. Schluss mit dem Geschwafel von Sicherheit und dem was man tut, oder nicht tut. Schluss mit den Träumen von einem Einfamilienhaus, der sicheren Rente (wann eigentlich???), dem Urlaub in der Karibik, dem dicken Auto, dem Traum ein Topmanager mit Spitzengehalt, oder ein Politiker mit Macht zu sein. Zu viele haben den gleichen Träumen schon nachgejagt, sie verwirklicht und sind unzufrieden geblieben. Wenn du tust was alle tun, kannst du nur bekommen, was alle bekommen. (Und du hängst immer vom Wohlwollen der Anderen ab!).
Sterben und die ganze Zeit das Leben und die eingepflanzten Vorstellungen Anderer gelebt zu haben? Das wollte ich nicht. Der Preis?
Ich war allein. (Keine Sicherheit).
Ich habe bei Freunden gelebt. Der Club der Verstoßenen.
Ich bin Taxi gefahren. Ich habe als Briefträger und Paketzusteller gearbeitet. Im Frühjahr habe ich mit polnischen Landarbeitern Spargel gestochen, im Herbst bei der Traubenernte geholfen und ich habe Schauspielerei studiert! Und jetzt (Oktober **89**) bin ich hier.
Ein Schauspieler.
Eine der Hauptrollen in dem Stück „Trotz aller Therapie" von Christopher Durant.
Ich spiele Dr. Stuart Framingham, den Psychiater, der viel zu schnell kommt, Komplexe hat und möglichst viele Patientinnen flach zu legen versucht.
Eine schwierige, trostlose und erst einmal

unsympathische Figur. Machogehabe, Cowboystiefel, offenes Hemd mit schwarzer Brustbehaarung, Goldkettchen. 34 Jahre alt, angegraut, Glatze. (Ich bin also doch kein Lehrer geworden!)
Und noch immer verlässt mich meine Frau, weil wir in unserem eigenen Theaterstück nur unsere Eltern gespielt und uns hinter deren Rollen versteckt haben
Ron Smothermon (sinngemäß).

10. Januar 2004. (15 Jahre nach 1989). Ich bin noch immer ein Schauspieler.
Ein Freiburger Luxushotel nahe dem Theater.

Eckehart: „Ein Kleinkind hat noch keine Rolle, keinen Schutz, keinen Mantel, um sich vor der direkten Erfahrung des Lebens zu verstecken. Es kann noch keine Staaten gründen, oder Versicherungen abschließen, es ist der Umwelt (vor allem den Eltern) hilflos ausgeliefert. Jeden Moment ist sein Leben in Gefahr falls die Nahrung ausbleibt, falls es nicht genügend Liebe und Aufmerksamkeit bekommt, falls es seine Eltern schutzlos den draußen lauernden Gefahren aussetzen.
Natürlich ist das für das Kind, das noch mit allem eins, mit allem verbunden ist und das von diesen Dingen noch nichts ahnt erst einmal kein Problem.
Aber irgendwann einmal erwacht der Verstand, begreift,

dass er in einem Körper lebt und dass dieser Körper von außen versorgt werden muss, da das Kind dazu natürlich noch nicht in der Lage ist. Der eben erwachte Verstand hat vom Baum der Erkenntnis gegessen.
Die Nahrungsbeschaffung, die Beschaffung von Liebe und Aufmerksamkeit (die wir ebenfalls zum Leben brauchen) ist nun zu seiner vordringlichen Aufgabe geworden und da für seine Begriffe Sicherheit nur möglich ist, wenn **genügend Nahrung, Aufmerksamkeit und Liebe** vorhanden sind, macht er sich zur Aufgabe diesen **„Mangel" zu beseitigen**.

Die Bibel beschreibt diesen Zeitpunkt des Erwachens so:
Genesis – Versuchung und Fall.
1. Die Schlange aber war listiger als alle anderen Tiere des Feldes, die Gott, der Herr gebildet hatte. Sie sprach zur Frau: „Hat Gott wirklich gesagt: „Ihr dürft von keinem Baum des Gartens essen?" Da sprach die Frau zur Schlange: „Von den Früchten der Gartenbäume dürfen wir essen.

3. Nur von den Früchten des Baums in der Mitte des Gartens hat Gott gesagt: „Esset nicht davon, ja rühret sie nicht an, sonst müsst ihr sterben!"
(Bis dahin sind also Adam und Eva unsterblich, oder anders ausgedrückt, sie haben kein Bewusstsein vom Tod, der Tod bekümmert sie nicht).

4. Die Schlange sprach zur Frau: O nein, auf keinen Fall werdet ihr sterben!

5. Vielleicht weiß Gott, dass euch, sobald ihr davon esset, die Augen aufgehen, und ihr wie Gott sein werdet, indem ihr Gutes und Böses erkennet. (Die Schlange will also, dass Adam und Eva in dieser polaren Welt, in der es Licht und Dunkelheit, Tag und Nacht, oben und unten, ich und du gibt, erwachen.

Die Schlange ist damit quasi **die Erweckerin unseres Verstandes**, der ja ausschließlich polar arbeitet und den wir brauchen, wenn wir in einer polaren Welt überleben wollen).

6. Da sah die Frau, dass der Baum gut sei zum Essen und eine Lust zum Anschauen und begehrenswert, um weise zu werden. Sie nahm von seiner Frucht, aß und gab auch ihrem Manne neben ihr, und auch er aß. (Grundbedürfnis Nahrung!).

7. Da gingen beider Augen auf und sie erkannten, dass sie nackt waren. (Dass sie einen Körper hatten!).

Eckehart: „Um es noch einmal klar zu stellen: Das Kind kann von diesem Zeitpunkt an Innen und Außen unterscheiden. Es begreift, wenn auch auf eine sehr primitive Art und Weise, dass es eben nicht im Paradies lebt, in dem es auf wundersame Weise versorgt wurde, ohne sich darum kümmern zu müssen, sondern dass seine Versorgung von außen – von der Mutter – abhängt. Wie kann es dafür sorgen, dass es von der Mutter zuverlässig weiter versorgt wird? (Denn wenn die Mutter

nicht mehr kommt muss es sterben, so viel ist dem Verstand des Kleinkindes schon klar geworden). Wie also kann es in dem Zustand bleiben, in dem es keine Probleme hat, überleben kann?
Unsere genialer Verstand findet dafür eine einfache und sehr wirksame Lösung: Er kreiert eine Rolle, ein Muster, dem er nur zu folgen braucht um sich für den Rest seines Lebens sicher zu fühlen.

Dafür stehen jedem Menschen drei Grundmuster (Grundrollen) zur Verfügung:

Rolle Nummer 1: **Rebellisch sein.**

Wenn sich das Kleinkind für diese Rolle entscheidet, schreit und nörgelt es unablässig und wenn die Mutter herein kommt, folgert es, dass es dieses Geschrei war, das die Mutter zu ihm zurück brachte. Die Folge ist einfach: Es wird ein quengeliges Kind, schreit bei jeder Gelegenheit, schläft nicht mehr durch und ist sich sicher, dass ohne dieses Geschrei seine Mutter nicht zurückkommen würde und es sterben müsste.
Es wird es ein lautes, schwer zu erziehendes Kind, **da es ständig Aufmerksamkeit braucht**, (um keine **Todesangst** zu empfinden, dem **Mangelgefühl** zu begegnen), die es am besten durch Schreien, Rebellieren und Streiten bekommt, denkt der Verstand. Für diese Maschine ist es klar: Schreien, Mutter kommt (später die Kindergärtnerin, die Lehrer usw.) und es kann überleben.
Ein Erwachsener, der sich für dieses Muster entschieden hat, wird - wenn er Mangel leidet oder sich vernachlässigt

fühlt - sofort einen Streit vom Zaun brechen, damit die Mutter wieder kommt und ihn behütet. Am sichersten fühlt sich dieser Mensch dann, wenn er eine Person zu einer Beziehung überreden kann, die seiner Mutter gleicht…"



Die Rolle Nummer 2: **Nett sein.**

Das Kind kann aber auch denken, dass sein Strahlen, sein Lachen die Mama zu ihm bringt und wird fortan ein lachendes, pflegeleichtes, nettes Kind.
Solange ich nett bin, denkt der Verstand, gibt es genug Nahrung, Luft und Liebe. (Kommt Mama und versorgt mich). Später als Erwachsener wird es manchmal zur Belastung immer nett sein zu müssen. Nicht „Nein", sagen zu dürfen, nur um sich sicher zu fühlen (versorgt zu werden).
**Der nette Mensch braucht Harmonie** um sich Zuhause und sicher zu fühlen. Natürlich sucht auch dieser Mensch Personen, die seiner Mutter – seinem Vater – gleichen, um das emotionale Klima seines Zuhauses mit dieser fremden Person wieder erschaffen zu können.

Die Rolle Nummer 3: **Zurückgezogen sein.**

Die dritte Entscheidung die getroffen werden kann ist: **Gar nichts zu tun.**
Dieses Kind wird still, ohne Lachen, ohne Weinen in seinem Bett liegen. Das Kind merkt, dass sich die Mutter deswegen sorgt und ist der Meinung, dass genau dies seine Ver**sorgung** sichert.
Und die Mutter sorgt sich! Sie geht zum Arzt, nimmt es auf den Arm, versucht es aus seiner Apathie zu lösen, genauso wie später die Kindergärtnerin, der Lehrer, der Psychologe. Alle sorgen sich, und das Kind schließt daraus, dass es genau dieses Verhalten ist, das es am Leben erhält, ihm genug Nahrung, Luft und Liebe bringt. Überflüssig zu erwähnen, dass der Verstand auch dieses Klima speichert und als Erwachsener wieder aufsucht.
Und auch für einen „Zurückgezogenen" ist es gar nicht so einfach die Realität tagtäglich aufs Neue so zu verbiegen, damit dieses emotionale Zuhause (die Gefühle der Kindheit) wieder zustande kommen können.
Es gibt also drei Verhaltensweisen, die laut unserem Verstand eine Garantie dafür sind, dass Mama zurückkommt und uns versorgt und beschützt
Wenn wir eine dieser Entscheidungen treffen, eine dieser Rollen wählen, **entschließen wir uns also auch gleichzeitig, die Welt auf eine ganz bestimmte Art zu sehen**, in ihr auf eine bestimmte Art zu spielen und sie, um diese Grundentscheidungen herum **neu zu erschaffen**.

Spätestens ab jetzt ist es unmöglich **d i e** Welt zu erleben.
Wir erleben ab diesem Zeitpunkt nur noch **unsere Welt und wir selbst haben entschieden, wie diese aussehen wird.**

„So, meine Damen und Herren", sagt Eckehart, „und jetzt versuchen sie einmal „Nein" zu sagen, oder zu rebellieren, wenn ihre Selbstverständnis durch die Rolle „ich bin nett" geschaffen worden ist!"
Eckehart wartet einen Moment.
„Das fällt ungemein schwer und genauso schwer fällt es dem *Rebellen* nicht rebellisch zu sein, oder dem *Zurückgezogenen,* sich aktiv an der Welt zu beteiligen. Niemand von diesen Dreien kann dieses emotionale Zuhause länger verlassen (aus der Rolle fallen), ohne dass ihn Existenzängste, ja Todesängste überfallen.

Und **so ist das Leben das, wie sie es im zarten Alter von etwa einem Jahr entschieden haben, dass es sein soll!**

Wir schreiben in unser Lebensbuch den ersten bedeutenden Satz:

1. Ich bin rebellisch
2. Ich bin nett
3. Ich ziehe mich zurück

um eine Verhaltensweise zu haben, die es uns ermöglicht, mit einem angenommenen Mangel (Automatismus) und der damit verbundenen Todesangst

umgehen zu können.
Eckehart nimmt einen Stift und zeichnet folgendes an die Tafel:

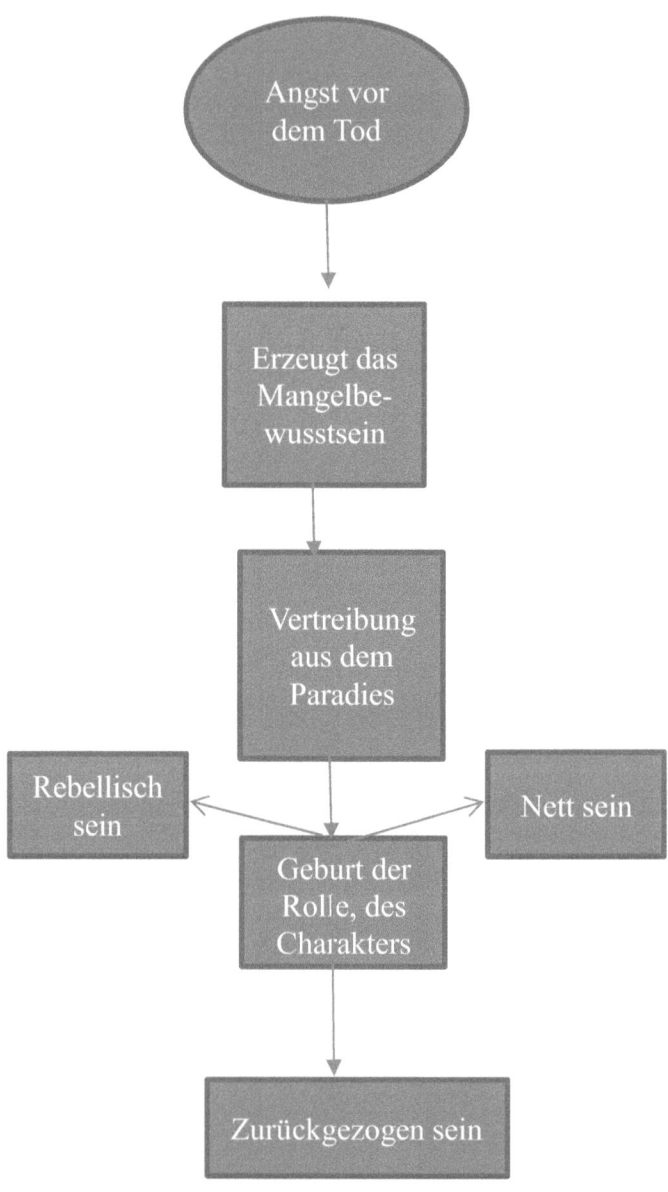

> Die Rolle ist der Versuch mit einem bestimmten Verhalten, in der Zukunft das emotionale Zuhause der Vergangenheit, ständig neu zu erschaffen

Das Mangelbewusstsein versucht dem Gefühl des Mangels, (der nach unserem Verständnis zum Tode führen müsste), durch immer mehr zu entkommen. Dieses Mangelgefühl kann nicht befriedigt werden.
Der Mensch versucht also sein ganzes Leben lang ein Gefühl zu befriedigen, das nicht befriedigt werden kann! Da er das spürt, versucht er noch mehr zu tun…

1973. (16 Jahre vor **1989**).
Ich lerne die Tänzerin kennen. Es ist keines dieser normalen „Kennenlernen", das nicht. Schließlich kenne ich sie schon, da sie in der gleichen Theatergruppe wie Erna tanzt.
Erna ist seit zwei Tagen meine Ex, da sie lieber auf eine politische Veranstaltung gegangen ist, statt mit mir ins Kino.
Ich bin ein sehr dummer, sehr grüner Junge und Erna war sehr schön und sehr treu und meine LiSi, die ich seit Kindesbeinen an suchte und ich hätte sie nicht zum Teufel jagen sollen.
Aber jetzt steht die Tänzerin vor mir. Mit duftend, langen, blonden Haaren und blauen Augen. Ein Weizenfeld und blaue Kornblumen denke ich, weil ich nach über acht Jahren immer noch kein Städter bin. Und sie hat wunderschöne, weiße Beine, die in hochhackigen Schuhen stecken.
Deep Purples „Smoke On The Water" hämmert durch den kleinen, dunklen, verqualmten Partyraum des Jugendzentrums und wir können uns nur schreiend verständigen.
Wir gehen nach draußen.

Ich bin kein Städter, weil ich kein Städter sein will. Die glücklichsten Tage meiner Jugend, habe ich auf einem Bauernhof verbracht, habe Ställe ausgemistet, Kälbchen in die Welt gezogen, bei der Ernte geholfen und bin durch die Felder und Wiesen und auch Wälder des Bauernhofes gestreunt. Es war ein sehr großer

Bauernhof, mit drei eigenen Quellen, aus denen wir ab und zu ein ertrunkenes Reh ziehen mussten. Es gab auch einen kleinen Weiher mit vielen Enten und Gänsen. Er lag in einem kleinen Wäldchen und war einer meiner Lieblingsplätze.
Wenn die Felder abgemäht waren, sind mein Onkel und ich mit einem alten Opel Kapitän mit Weißbandreifen und einer Dreiganghandschaltung über die goldgelben Stoppeln der riesigen Ebene gebraust. Wir hingen die Arme aus den Fenstern und das Radio spielte Hermanns Hermits, die Beach Boys oder „Death of a Clown" von Dave Davies, oder was auch immer damals angesagt war. Die goldene Straße war endlos und wir fuhren darauf entlang. Über uns der blaue Himmel und alles so, wie es sein sollte.
Natürlich ging der Anlasser nicht mehr, weil das alte Auto das ganze Jahr über in der Scheune bei den Hühnern stand und Bernhard die Batterie ausgebaut hatte. Aber wir spannten es vor den Traktor und zogen es an. Es gab zwei Traktoren. Einen roten Porsche und einen alten Hermann Lanz, der noch ein Holzlenkrad hatte und vor dem Krieg gebaut worden war. Wenn wir den fuhren, knallte es wie mit einem Maschinengewehr. Ich war damals zwölf Jahre alt und im Paradies!
Abends fuhren wir mit einer Garelli an den Bodensee und mein Onkel legte sich so in die Kurven, dass die Fußaufsteller funkensprühend über den Boden schleiften. Wenn wir ins Wasser gingen, kamen wir mit allerlei Grünzeug behangen wieder heraus und während des Schwimmens hatte man das Gefühl durch unterirdische Wiesen zu schwimmen. Der See war gerade am Umkippen und das Wasser hatte irgendwie zu viel von

irgendetwas, so dass dieses Grünzeug überall wucherte. Das war schade und ich hatte den See auch schon anders gekannt. Klar, frisch und mit vielen Fischen darin. Wenn man jedoch nicht ins Wasser ging, sah er noch immer schön aus und ein paar Kilometer weiter auf der anderen Seite war die Schweiz.
Wir hätten rüber schwimmen können, das wäre kein Problem gewesen.
Wir saßen eine Weile da und sahen der Sonne zu, wie sie eine Goldstraße auf die Wasseroberfläche zauberte und dann verschwand. Die goldene Straße war endlos und ich fuhr darauf mit meinem Opel entlang und alles war so, wie es sein sollte. Jedenfalls träumte ich davon, wenn wir am Ufer saßen.
Ich wollte nichts besitzen, keine Versicherungen abschließen, oder Politiker sein, ich träumte von schönen Frauen, las Gedichte und Bram Stockers Dracula. Meine Kinder spielten (in meinen Vorstellungen für die Zukunft), hier auf dem Hof, badeten mit mir im See, hörten sich abends mit offenen Mündern Geschichten an und ihre kleinen Seelen spazierten des Nachts unter freiem Himmel unter einem Dach behangen mit Sternen. Davon habe ich damals geträumt!
Acht Jahre schon war ich nicht mehr dort gewesen und ich vermisste es, wie man nur irgendetwas vermissen kann.
Acht Jahre ohne Feen und Geister, ohne Zauberer ohne Außerirdische, ohne Ritter und Drachen ohne Prinzessinnen. Ohne mit meinem Opel Kapitän auf Goldstraßen zu fahren. Acht Jahre!
Nur die Musik drückte in dieser Steinwüste noch aus was ich empfand, meine Freunde jedoch waren

verschwunden. Ich hatte nicht einmal mehr Hunde mit denen ich sprechen konnte.
Ich bin kein Städter, weil ich es nicht sein will.

Ich lerne also die Tänzerin kennen. Die Tänzerin mit ihren vielen Verehrern, ihren langen blonden Weizenfeldhaaren und den Kornblumenaugen.
„Erzähl mir von Erna", sagt sie und ich frage: „Warum willst du etwas über sie wissen?"
Die Kornblumenaugen werden nass und der Lidschatten verläuft und zieht schwarze Bahnen über die weißen Wangen. Irgendetwas zieht sich in mir zusammen, weil sie so schön ist und so gut duftet.
Ich verstehe jetzt warum die Verehrer bei ihr Schlange stehen, denn jeder Schritt den sie macht ist ein Versprechen.
„Weil Erna jetzt mit Max zusammen ist", sagt sie.
Max war ihr Exlover, so dass jetzt meine Exfreundin und ihr Exlover zusammen waren.
„Das ging ja schnell", denke ich. „Drei Tage!"
Es ist Nacht und es ist warm und wir laufen die baumgesäumte Straße entlang.
„Erzähl mir von Erna", sagt sie noch einmal.
„Sie ist wunderschön...", aber das ist nicht das, was die Tänzerin hören will. Also erzähle ich ihr ein wenig von dem, was ich denke dass sie hören will und atme dabei Bäume.
Ich bin kein bisschen daran interessiert etwas von Max zu erfahren und ich hoffe die Tänzerin würde nicht davon anfangen, aber sie tut es doch.
Wir laufen also die baumgesäumten Straßen entlang und ich höre zu, während der Mond zwischen den Giebeln

der Häuser steht.
Ich träume von goldenen Wasser- oder
Weizenfeldstraßen auf denen ich mit meinem Opel fahre
und atme Bäume.
Die Tänzerin erzählt. Sie erzählt als wir bei mir Zuhause
sind, sie erzählt nachdem wir zusammen geschlafen
haben und sie weint die ganze Zeit dabei.




10. Januar 2004. (15 Jahre nach **1989**).

Ich bin ein Schauspieler.
Meine Überlegung während Eckehart zeichnet: Vielleicht
bin ich ja auch deshalb Schauspieler geworden, weil mir
die Beschränktheit der Rolle Müller für ein Leben nie
gereicht hat?
Als Müller bin ich damals, vor 15 Jahren, (1989), ein
Gefangener gewesen. Als Müller habe ich zwar gefühlt,
dass etwas anderes möglich war, (als die emotionale
Vergangenheit ständig neu zu erschaffen), aber ich
wusste nicht was. Als Müller habe ich auf den großen
Regisseur gewartet, der mir sagen sollte, wie ich mich
richtig zu verhalten hätte. Als Müller hatte ich noch nicht
begriffen, dass die Dinge zwar passieren, dass wir selbst
es aber in der Hand haben, wie wir darauf reagieren. Als
Müller habe ich damals noch nicht gewusst, dass ich
selbst es war, der die Rolle Müller geschrieben hatte
(auch wenn mir meine Wahl damals – als Säugling –

natürlich nicht bewusst war) und dass es **meiner Verantwortung** oblag, sie neu zu schreiben. Als Müller konnte ich mir damals eine andere Zukunft noch gar nicht vorstellen, ja, ich hatte keine Ahnung, dass der Ausbruch aus dem Gefängnis möglich war - ja, ich hatte noch nicht einmal begriffen, dass ich in einem Gefängnis saß!
Ich hatte lediglich *ein Gefühl* eingesperrt, in meinen Handlungsmöglichkeiten beschränkt zu sein und irgendetwas in meinem Innern trieb mich dazu, diesen Beruf (die Schauspielerei) zu ergreifen.
Eine Entscheidung die einige ungute Nebeneffekte nach sich zog:
Sie erinnern sich? *Sobald ich aus der Rolle falle, werde ich vom Partner, den Freunden, dem Chef (der Mutter, dem Vater) verlassen und muss verhungern (auch emotional) und werde sterben (denkt der Säugling).*
Und nun musste ich sogar von Berufs wegen aus der Rolle fallen, musste neue Verhaltensmuster erlernen und mich mit der neuen Person, die ich zu spielen hatte identifizieren.
Mein Verstand reagierte prompt mit Angst!
Damals habe ich begriffen, dass mein Verstand die Rolle Müller und meine damit verbunden (überlebensfähigen) Verhaltensmuster mit Angst beschütze.

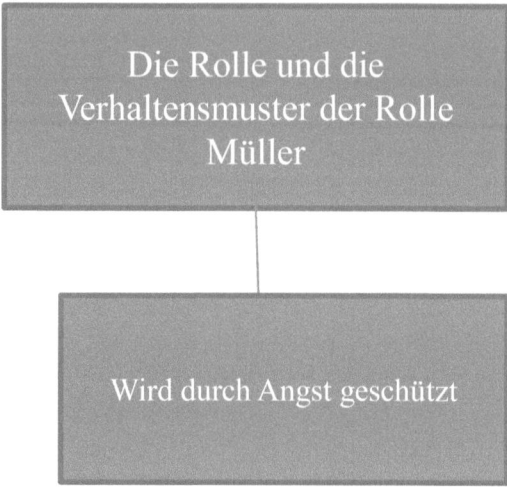

**Angst bedeutet also im Normalfall, bei Normalmenschen, dass sie etwas Neues ausprobieren!** Sie stehen quasi an einer Grenze und müssen sich jetzt entscheiden: Weichen sie zurück, oder sind sie bereit die Angst auszuhalten und gehen weiter? (Fallen sie aus der Rolle?).

**Meistens folgen wir dann den uns angebotenen Mustern (keine Angst), statt unser Leben selbst in die Hand zu nehmen! (Viel Angst!).**

**Wir führen ein Leben zu dem wir uns als Säuglinge entschlossen haben und sind nie auf die Idee gekommen, dieses Leben neu zu überdenken und neu zu gestalten.**
Es ist viel einfacher Philosophien und Lebenskonzepte oder Verhaltensmuster (Vorbilder) ungefragt von Anderen zu übernehmen (keine Angst!) und die Belohnung und Anerkennung dafür (wenn wir das gut machen – so wie die Anderen es von uns verlangen) zu kassieren, (doppelte Belohnung), als sich seiner Verantwortung für sein eigenes Leben bewusst zu werden und einen eigenen Weg zu suchen. Für den es dann aber keine Boni, Porsche oder Villen am Meer gibt (dafür viel Angst! Ein schlechter Tausch?), sondern nur Zufriedenheit und das Gefühl ein sinnvolles Leben (das eigene Leben) zu führen.

Sehen wir uns doch einmal so ein Angebot der Gesellschaft an, für das wir dann unser selbstbestimmtes Leben verkaufen sollen.
„Survival Of The Fittest" ist so ein Credo, eine Rolle die uns Glück und Wohlstand und Sicherheit (keine Angst) verspricht.
Folgen wir diesem Leitsatz, warten Anerkennung und genügend Weibchen auf uns, oder Männchen, je nachdem. (Belohnung + keine Angst!).
Das wurde und wird an Eliteuniversitäten den zukünftigen Wirtschaftsbossen und Unternehmensführern eingebläut.
Folgen wir diesem Credo, dann können wir unser Mangelgefühl beseitigen, können wir sorgenfrei leben, brauchen wir uns nicht zu fürchten, behaupten sie.
Welch ein **Irrtum!**

Mag das mit den Weibchen und der Macht, dem Reichtum noch einigermaßen hinkommen, **das Mangelgefühl und die Angst vor dem Tod werden wir dadurch auf keinen Fall los.**
Im Gegenteil, wenn wir die Lebensvorstellung Anderer leben, wenn wir uns von deren Zustimmung (Boni, Anerkennung, Statussymbolen, Applaus) abhängig machen, kommt auch noch ein Gefühl der Leere und Sinnlosigkeit dazu, die sich in vielen Führungsetagen von Firmen in der Zwischenzeit als „Burnout" bemerkbar macht.
Kein Wunder, denn wir sind eigentlich hier, **um unser eigenes Leben zu leben** und nicht das von Anderen.
Mag das Geld, das wir, für die uns zugedachte Rolle bekommen, noch so viel sein und mag der Porsche, die Villa, das Schloss am Meer auch jedem zeigen, wie erfolgreich wir die Rollenanweisungen fremder Regisseure ausführen können - mögen wir auch als Manager besser, schneller, klüger und stärker sein als all unsere Konkurrenten - es ist trotzdem **nicht unser Leben.**
Es ist noch immer **ein Muster**, das wir, angenommen haben und **das wir nach den Regeln der Anderen, abhängig von deren Anerkennung:** Porsche, die Villa, das Schloss am Meer, Boni, Statussymbolen und Applaus**, spielen.**

Irgendwann passiert dann trotz all der Sicherheit das, was wir schon die ganze Zeit befürchtet haben: Wir **sterben, ohne je das Gefühl gehabt zu haben gelebt zu haben.**
*Wir haben die Chance, die Einmaligkeit, das Wunder*

*unserer Existenz vertan, für ein Gefühl der Sicherheit, die es gar nicht gibt.*
Mir fällt da ein schöner Satz ein: (Autor leider unbekannt).
**Es gibt keine Sicherheit, aber unheimlich viel Angst sie zu verlieren.**
Angst ist es, die uns das Leben nach fremden Regeln spielen lässt. Diese Angst betäuben wir mit einer anerkannten Rolle in einer quietschebunten Konsumwelt, mit Macht, mit Statussymbolen, mit der Jagd nach Anerkennung und sehr viel Geld und opfern ihr unser eigenes, einmaliges, unwiederholbares Leben – umsonst! Unsere ganze Wettbewerbsgesellschaft, der ganze Konsum, die zweidimensionale, hektische, moderne Welt ein einziger Irrtum! Eine Täuschung!

**Wir opfern das Einzige was wirklich wichtig ist: Unser eigenes, selbstbestimmtes und selbst erschaffenes Leben!**
Und nicht nur das. Es ist auch noch gefährlich so zu leben, nicht nur für uns (Leere, Sinnlosigkeit), nein auch für alle anderen.
**Denn diese Art der Fremdbestimmung plündert unseren Planeten aus und lässt diesen, wie uns selbst, leer und ausgebrannt und von Extremwetterlagen heimgesucht zurück.
Burnout!
Die Welt teilt unser Schicksal. Oder wir teilen das Schicksal unserer Welt.**

Für mich ein Indiz dafür, dass es an Eliteuniversitäten, wie überall, nur sehr wenig wirklich intelligente Menschen

gibt.
Denn: Die Auswirkungen dieses Credo (dieser „heiligen Berufsmuster") kann doch eigentlich wirklich jeder sehr gut beobachten:
Diejenigen die etwas haben (The Fittest), müssen in Festungen wohnen, sich hinter Hochsicherheitsanlagen verstecken, sozusagen **hinter Gittern leben** und müssen ständig um ihre Kinder und sich selbst fürchten, da die Besitzlosen **vor den Käfigen** dazu neigen die Besitzenden zu entführen, zu töten oder aber auszurauben. (Südamerika ist der Kontinent, der uns unsere Zukunft in 20 Jahren am besten vor Augen führt). Dass die Besitzlosen trotz Leibwächter, trotz der Zäune, trotz ausgeklügelter Überwachungssysteme, sehr erfolgreich sind, zeigt die unheimlich hohe Anzahl von Entführungen und Morden in diesen Ländern.
Diese Reichen haben zwar ihren Mitbürgern genug weggenommen, um sich allen möglichen Luxus leisten zu können, sie waren, wie es das Credo verlangte „schneller, stärker, besser, klüger als…", aber **sie** sind eingesperrt, können sich nicht mehr frei bewegen, sind die eigentlich Gefangenen, während ihre armen Mitbrüder **vor dem Zaun** frei herumlaufen können.
So etwas würde mir zu denken geben, aber es heißt ja: „Survival Of The Fittest" und nicht „Survival Of The Most Intelligence".
Reich hinter Gittern, oder den breiten Schultern von Bodyguards, ohne sich im eigenen Land frei bewegen zu können. Reich auf einem von Unwettern und Überbevölkerung geplagten Planeten. Im Besitz der Hälfte des Weltvermögens **und doch nur Automaten**!
Keine sehr erstrebenswerte Lebensform, finde ich.

In den USA beginnen sich bereits ähnliche Verhältnisse wie in Südamerika abzuzeichnen und was sich in Amerika etabliert, ist in der Regel in spätestens 15 Jahren bei uns Standard.
Und das alles aus Angst vor dem Tod, aus Angst nicht genug abzubekommen und aus Angst über neue Wege nachzudenken.
**Es sind die Ängstlichen, die Macht und Besitz brauchen**, **um sich sicher zu fühlen** und es sind die Ängstlichen die nicht in der Lage sind, die Konsequenzen ihrer Handlungen auch nur annähernd zu begreifen.
Mögen uns tatsächlich The „Fittest" (Rücksichtslosesten) regieren, die Intelligentesten sind es jedenfalls nicht, denn ihre Strategie hat keine Zukunft!
**(Planeten)burnout!**
Wie gesagt: Immer stärker werdende soziale Unterschiede geben den besten Nährboden für Hass und Gewalt und Terrorismus, der auch das Leben der Reichen zerstört. (Tunesien, Ägypten, Syrien, Ukraine).
So gesehen erinnern mich diese Wirtschaftsführer und Politiker einfach nur noch an Maschinen ohne eigenen (Gestaltungs)Willen, an Schauspieler, die als leere Hüllen Rollen spielen, um **ein Gefühl der Sicherheit** zu finden und dem **Mangelgefühl** zu entgehen.
Sie haben das pralle Leben (Paradies!) gegen eine Rolle vertauscht! **Sie sind Automaten geworden!**
Nietsche hat das erkannt und hat einen Menschen propagiert, der in der Lage ist, sich über sich selbst zu erheben - den Übermenschen. Einen Menschen, der zwar auch den Mangel fühlt, nach Sicherheit strebt, Macht und Statussymbole haben will, der aber in der Lage ist zu erkennen, dass es lediglich Automatismen

sind, die wir beherrschen und **sein lassen** können, ohne ihnen ausgeliefert zu sein.
**Wir sind nicht unser Verstand! Wir haben einen Verstand. Und unser Verstand beinhaltet einige Mechanismen, die dem Überleben der Menschheit nicht gerade förderlich sind!**

Wenn wir das erst einmal erkannt haben, kommen wir in einen Zustand den man **die Wahl haben** nennt. **Wir können uns über unseren Verstand erheben und für die darin enthaltenen Mechanismen die Verantwortung übernehmen.** Wir können Übermenschen werden!

Wer jedoch fremde Rollen spielt, auf der Jagd nach Sicherheit ist, sich selbst noch nicht gefunden hat und ein Anerkennungsjunkie geworden ist, hat diese Wahl nicht.
Er empfindet kein Mitleid für seine Mitmenschen, die er ausbeutet, da er sie, wie sich selbst, als seelenlos und nur als Statisten, Automaten erlebt.
Er empfindet auch nichts dabei, dass seine Tatenlosigkeit Leben kosten wird. (Jetzt nichts gegen das $CO_2$ zu tun, bedeutet die Erderwärmung und damit Extremwetterlagen billigend in Kauf zu nehmen, bei denen Menschen ertrinken, verdursten, oder aber verhungern werden. Noch nie gab es in Deutschland so viele Orkane und Unwetter wie in den Jahren 2013 bis 2016! Gerade versinkt der Balkan (Mai 2014) in Hochwasserfluten von nie gekannten Ausmaßen. Und das ist erst der Anfang!
Vielen Politikern ist das bekannt, ihre Anstrengungen das zu verhindern jedoch sehr überschaubar. Niemand will

verantwortlich sein, niemand traut es sich zu, das Heft in die Hand zu nehmen und das zu tun, wofür er gewählt wurde, nämlich zu führen und Schaden von unserem Land abzuwenden. Wir haben die Verantwortung für die Welt in die Hände von Automaten gelegt, die nur noch reagieren, verwalten!
Für reine Verwaltungsaufgaben brauchen wir aber kein Parlament mit über 598 Bundestagsabgeordneten. Dafür würden auch knapp 50 Verwaltungsbeamte oder Buchhalter genügen.
Ich jedenfalls glaube nicht, dass die Welt Extremwetterlagen und eine Jugendarbeitslosigkeit von 60 % und mehr auszuhalten in der Lage ist, ohne demnächst in ihren Grundfesten erschüttert zu werden. Das ist, wie in Friedrich Dürrenmatts Erzählung: „Der Tunnel".
*Ein Zug fährt in einen Tunnel. Die Reisenden merken das kaum, es scheint ja ein Tunnel zu sein, wie schon viele zuvor.*
*Ein Tunnel der einen Anfang und ein Ende hat, wie es sich gehört. Doch die Fahrt durch den Tunnel dauert und dauert, die Geschwindigkeit nimmt zu. Man beginnt sich zu beunruhigen. Schließlich fasst sich ein Reisender ein Herz und geht nach vorne in die Kanzel des Lokführers. Sie ist leer und er sieht, wie der Zug immer tiefer in einen Abgrund stürzt.*
Auch wir haben keinen Lokführer (niemanden der die Interessen unseres Planeten und damit die Interessen unserer Existenzgrundlage vertritt) sondern nur sehr viele Reisegäste die um die Besitztümer und die Chefposition, in den einzelnen Waggons kämpfen. (Politiker und Unternehmensführer, sitzen zwar im Luxusabteil des

Zuges, aber auch das wird zerschellen, denn Aussteigen und sich in Sicherheit bringen ist unmöglich. Wir alle haben nur diesen einen Zug und wir alle haben keinen Lokführer mehr!).

Herbst 1977. (12 Jahre vor 1989). Die Tänzerin.
Sonne, Hitze, drückend über der Straße des kleinen Dorfes. Stillstand. Schwüle zwischen den Häusern wie ein Meer, das alles verflüssigt, aufsaugt, verwässert.
Der Klang von Stöckelschuhen, tack, tack, tack.
Blonde, lange Haare. Gefärbt, wie Seide, schwingen auf und ab. Weiche Wellen im Rhythmus der Schritte. Blaue, große Augen und in der Mitte ein Punkt, der neben der Iris schwimmt.
An der alten Mauer des Gutshauses vorbei. Ein schönes, ebenmäßiges Gesicht. Sinnliche Lippen, rot bemalt, dunkel, so wie er es mag. Die Schritte wiegend, elastisch. Der Gang einer Tänzerin.
Ihr gehört die Welt. Sie studiert Sprachen und tanzt im Theater. Bildhübsch, durchtrainiert und unglücklich. Eine Mischung, die unwiderstehlich macht!
Wären Männer auf der Straße, würden sie stehen bleiben und ihr nachsehen, bis sie um die nächste Ecke verschwunden wäre.
Sie ist nicht zu übersehen. Auf jeder Party eine Traube von Verehrern die an ihren Lippen hängen, für die jedes Wort wie eine Offenbarung klingt.

Doch heute ist sie allein. Sonne, Sommer, drückend.
Tack, tack, tack, an der alten Mauer des Gutshauses
entlang. Rote, sinnliche Lippen, der Gang einer Tänzerin,
ein schönes Gesicht und Haare wie ein duftendes, vom
Winde leicht bewegtes Weizenfeld.
Sie wird heute, 20 Jahre alt, zur Mutter werden, von dem
Kerl, dem sie schon zwei Jahre nachläuft, der trinkt, boxt,
Gedichte schreibt und ein depressiver Schauspieler ist.
(Von mir).
Ein Tag, der ihr Leben verändern wird.
Sonne, Sommer, drückend. Tack, tack, tack, an der alten
Mauer des Gutshauses entlang.



Oktober 2012. 23 Jahre nach 1989. (Ich bin ein
Schauspieler, noch immer).

Ich liege in einem dunklen Raum. Neben mir eine
hübsche junge Lehrerin, Hauptschule. Wir liegen
ausgestreckt auf dem Rücken. Abgedeckt. Die Luft voller
orientalischer Gerüche und ich reise in meine
Vergangenheit zurück.
Grüne Wiesen, ein großer Bauernhof und daneben flach
geduckt, das ehemalige Gesindehaus in dem es jetzt nur
noch Schweine und Hühner gibt und ein Reh, dem ein
Bein fehlt, weil es vor dem Mähdrescher nicht
davongelaufen ist.
Links - von Bäumen umstanden - ein kleiner Weiher und

das Geratsche von Enten und Gänsen. Ich laufe den Weg entlang zu meinem Baum. Meinem Baum, auf dem ich ganze Nachmittage gesessen habe. Nachmittage, mit der drückenden Ruhe einer heißen Sonne. Nachmittage voll dem trägen Summen der Bienen und dem müden, schweren Schnaufen der Kühe und Stiere in dem Stall vor mir. Nie ist die Welt so zufrieden, so vollkommen, so ohne Anfang und Ende wie an einem solchen Nachmittag.

Ich habe wieder ein Buch dabei und ich klettere den Baum hinauf, um zu lesen. Die Äste fühlen sich rau an, aber es ist angenehm schattig zwischen der Baumkrone des großen Nussbaumes. Hier habe ich jahrelang meine Ferien verbracht. Hier war mein kleines Paradies und jetzt bin ich wieder zurück. Meine Tante lebt noch und auch der Großvater und der Chef. Am Morgen sind Bernhard und ich aufgestanden und haben die Kühe gemolken, die schweren Messingkannen auf den Traktor geladen und haben sie in die Molkerei gebracht. Landfrauen mit Kopftüchern, groben Kitteln und roten Wangen. Sie wuchten die schweren Messingkannen mit der Milch in den Bottich und schöpfen mit Holzlöffeln den Rahm ab.

Später sitzen wir dann mit ihnen, an dem großen Tisch in der Halle und frühstücken. Die Frauen mögen mich. „Schmal gewachsen und diese Hüften!", sagen sie immer wieder zueinander. Und wann immer sie können umarmen sie meine Taille. Die Männer knurren dann wie Hunde an der Kette, aber sie lassen sie gewähren. Schließlich bin ich erst 14 Jahre alt und auch ihnen gefällt es, wenn ich verlegen werde.

Ihre Töchter werden es hassen Landfrauen zu sein. Ihr

Ziel ist es nicht mehr anzupflanzen, einen Hof zu versorgen, im Stall zu schuften und nach Kuhdreck zu stinken. Sie werden in Büros arbeiten, in Fabriken, abends in die Disko gehen, aufgemotzt, damit niemand sieht wer ihre Eltern sind. Sie werden die Zeit nicht mehr damit verbringen in die wunderschöne Natur zu schauen, sondern die Realität auf dem Display ihres Handys suchen.
Unter der Woche werden sie davon träumen Superstars zu werden, ihren Traumprinzen zu treffen und von ihm in ein sorgenfreies Leben entführt zu werden.
Sie nehmen an Castings teil, produzieren sich in Shows, werden Miss Beach in ihrem Stammlokal und sind so beschäftigt, dass sie nicht einmal merken, dass man ihnen diese Nachmittage gestohlen hat. Nachmittage, mit der drückenden Ruhe einer heißen Sonne. Nachmittage voll dem trägen Summen der Bienen und dem müden, schweren Schnaufen der Kühe und Stiere in den Ställen.

10. Januar 2004. (15 Jahre nach 1989).
Ich bin ein Schauspieler.

Vortrag Eckeharts.
Wieder in der Pause: Claudia ist heute Morgen auch noch zu uns gestoßen. Natürlich wieder einmal viel zu spät! Die Türe wurde gerade geschlossen, als sie verschwitzt und atemlos angerannt kam.

Sie gehört zu unserer Schauspieltruppe und spielt in der Kleinbürgerhochzeit von Brecht die Braut.
Claudia: (Die nun bei uns steht und im Saal neben mir sitzt. Blond, blauäugig mit den schönsten Beinen der Welt – verheiratet, natürlich!)
Claudia: „Genau. Stell Dir das einmal vor..." (nimmt ein Blatt Papier und zeichnet folgendes auf: )

Claudia: „Das ist unser Verstand. Er hat alle funktionierenden Verhaltensmuster seit unserer Geburt gespeichert. Er ist quasi unsere komplette Vergangenheit und er ist nur dazu da, um unser Überleben zu sichern. Kommen wir nun in irgendeine neue Lage, startet unser Verstand einen Suchlauf in unserem

Erinnerungsspeicher.
Sobald er die gleiche Situation, oder ein - wenn auch nur entfernt ähnliches Ereignis in der Vergangenheit findet, und er findet immer etwas, reagiert er automatisch mit diesem alten Verhaltensmuster und den alten Gefühlen darauf."
Josef: „Das heißt wir fühlen uns in neuen Situationen so, als seien sie schon einmal da gewesen?"
Claudia: „Genau."
Ich: „Und wir verhalten uns genauso wie damals?"
Claudia: „Ja."
Josef: „Das würde ja wohl bedeuten, dass wir die Gegenwart nie als Gegenwart, sondern immer nur als Vergangenheit wahrnehmen?"
Ich: „Weil wir in der Gegenwart die Gefühle der Vergangenheit empfinden…"
Josef: „Und mit den Verhaltensmustern aus der Vergangenheit reagieren."
Claudia: „Genau."
Ich: „Wenn ich Eckehart vorhin richtig verstanden habe, versuchen wir schon aus anderen Gründen die Gegenwart extrem zu verbiegen, damit wir sie ähnlich unserem Elternhaus empfinden können."
Josef: „Ich weiß, ich weiß, unsere Mutter heiraten, das emotionale Klima des Elternhauses wieder erschaffen…"
Claudia: „Tja – und jetzt auch noch das…"
Ich: „Vielleicht ist das ja auch der Grund, warum Politiker auf neue Situationen, immer mit alten Lösungen reagieren."
Claudia: „Obwohl wir dringend Menschen bräuchten, welche die Gegenwart auch als Gegenwart sehen und neue Lösungsansätze entwickeln!"

Josef: „Ja, dazu müssten sie aber erst einmal aus ihrer Bewusstlosigkeit erwachen und erkennen, dass sie über ein Automatendasein bisher nicht hinaus gekommen sind!"

Zusammenfassung:
**Wir empfinden jede Situation in der Gegenwart so, als sei sie schon einmal da gewesen und reagieren daher – wie früher – mit alten Verhaltensmustern und Gefühlen darauf.**

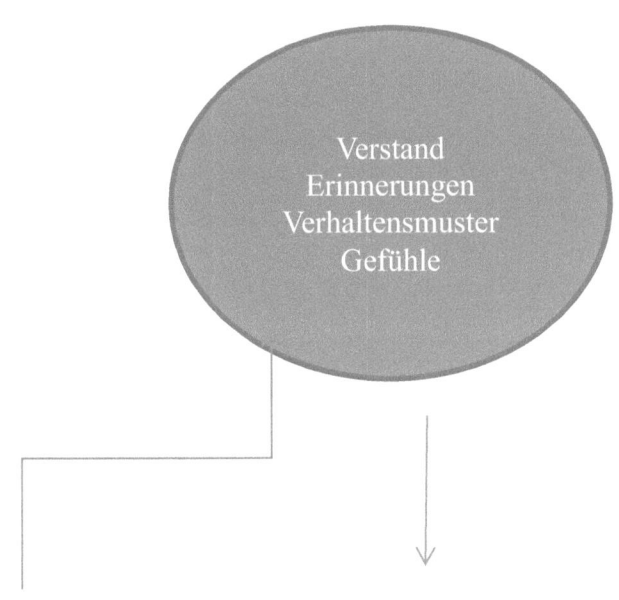

Neue Situation:

Suchlauf

Finden einer, wenn auch nur entfernt
ähnlichen Situation

Start der alten Verhaltensmuster und dem Empfinden der alten „damaligen" Gefühle.

10. Januar 2004. (15 Jahre nach 1989).

Ich bin ein Schauspieler.
Vortrag Eckeharts. Nachmittag. Kaffeepause.

Josef: „Glaubst du wirklich, dass Epikur Recht hatte, als er vor 2300 - 2400 Jahren behauptet hat, dass unsere ganzen Aktivitäten, – das sich Stürzen in Vergnügungen, das Bestreben Macht zu erringen, Sicherheit – nur durch unsere allgegenwärtige Angst vor dem Tod zu erklären ist?"
Ich: „Ja."
Josef: „Dieses ganze haltlose Anhäufen von Wohlstand, die Wettbewerbsgesellschaft, Konkurrenz, besser, schneller, klüger, stärker sein zu müssen als…, die blinde Gier nach Abwechslung und Vergnügungen, das sich Stürzen in Hektik, die Suche nach Anerkennung, dieser ganze Fitness- und Gesundheitskult – alles nur, um unsere Furcht zu mildern, uns so zu beschäftigen, abzulenken, dass uns unsere Sterblichkeit nicht bewusst wird?"
Ich: „Ja. **Und um das Mangelgefühl zu beseitigen**, das ja angeblich das Ende der Furcht nicht zu überleben bedeutet.
Claudia: „Und doch führt diese Hektik, diese Maßlosigkeit genau zu dem was wir vermeiden wollen. Wir plündern unseren Planeten mit rasender Geschwindigkeit und vernichten damit unsere Existenz statt sie zu sichern! Solange wir unsere Angst durch **mehr** Konsum, **mehr** Vergnügen, **mehr** Sicherheit zu entkommen suchen haben wir keine Chance auf Veränderungen und können als Gattung nicht überleben! (**Auswirkungen des**

**Mangelbewusstseins**). Wir müssen also lernen, uns dieser Angst zu stellen, sie zu ertragen und uns eben nicht in Macht, Reichtum, Vergnügungen und Zerstreuungen zu flüchten."




Spätherbst 1981. (8 Jahre vor 1989).

Ich bin noch verheiratet.
Ich sitze auf der Bordsteinkante. Es hat leicht geregnet vor ein paar Stunden und die Straße ist an vielen Stellen noch nass. Ich rauche eine Zigarette und habe meiner Tochter den inneren Teil meiner Streichholzschachtel gegeben, den sie jetzt in eine Pfütze schiebt. Ein leichter Stups mit dem Finger und das weiße Boot geht auf große Fahrt. Wir sitzen auf der Straße eines unglaublich flachen Tales, das unser Zuhause ist. Vor mir die Weinberge des Kaiserstuhls, hinter mir Felder, eingerahmt von einem großen Wald. Und jetzt das Meer! In einer Pfütze, ich weiß, aber es ist das Meer! Ich höre die mächtigen Wellen ans Ufer schlagen, fühle den Sturm, sehe die Not, in der sich Schiff und Mannschaft befinden und weiß, dass dies noch die geringeren Gefahren sind, die in diesen Stunden bestanden werden müssen.
Meine Tochter in der Hocke sieht mich an und strahlt. Nur kurz.
Natürlich habe ich wieder einmal keine Zeit, aber das ist mir egal. Ich bin auf der Welt angekommen, wie damals

auf dem Baum. Von mir aus könnte dieser Augenblick Ewigkeiten dauern, was er auch tut. Aber dann ist die kleine Schachtel voller Wasser und will nicht mehr schwimmen. Vorwurfsvoll zeigt meine Tochter auf den gestrandeten Segler. Ich rette Schiff und Mannschaft und halte es, während wir weiter gehen in der flachen Hand, damit alles trocknen kann.
Später sitze ich wieder da, während Rebecca einen rot gepanzerten Käfer ins Gras verfolgt.
Ein riesiger Urwald voll dunkler Gefahren und Monstern. Die Bäume und Gräser himmelhoch, exotisch, sonnengelb, leuchtend rot. Schön und gefährlich. Während wir in unseren Wohnungen sitzen, oder in unseren Betten liegen, tobt hier ein Kampf. Taifune verwüsten den Wald, Wassertropfen so groß wie Häuser schlagen erbarmungslos ein. Hinter jedem Grashalm Gefahr für unseren gepanzerten Freund. Meine Tochter steht auf. Er ist verschwunden. Sie nimmt meine Hand und zeigt mir die Welt.




11.Januar 2004, Eckehartkurs. (15 Jahre nach 1989).

Ich bin ein Schauspieler
„Wollen sie, dass bereits heute klar ist, wie ihr Leben morgen aussieht? Wollen sie das Gefühl der Leere, dieses riesengroße Sehnsuchtsloch (**Mangelgefühl** – ich habe zu wenig!!) ihr ganzes Leben lang vergeblich zu

stopfen versuchen? Wollen sie sich mit ihren Gedanken die ganze Zeit entweder in der Vergangenheit, oder einer der Vergangenheit ähnlich, vorgestellten Zukunft aufhalten, ohne jemals die **Gegenwart, so wie sie ist, kennen zu lernen?**"
Eckehart schaut uns alle der Reihe nach an.
„Nein? Nun", sagt er, „dann sollten wir beginnen, dieses wundervolle Werkzeug, unseren Verstand **zu begreifen** und ihn zu unserem Wohle **zu benutzen statt von ihm beherrscht zu werden,** so wie es von seinem Erfinder eigentlich einmal gedacht war!"
Er macht eine Pause.
„Verstehen sie meine Damen und Herren, im Moment bestimmt unser Verstand und seine *automatischen* Abläufe das, was in ihrem Leben passiert. Wir können uns zurück lehnen und dabei zuschauen. Unser Verstand braucht uns nicht. **Er** hat ihre Welt(sicht) und Rolle geschaffen, **er** hat dafür gesorgt, dass wir mit dieser Rolle überleben können und **er** hat sich alle funktionierenden Automatismen gemerkt, um sie bei allen passenden und unpassenden Gelegenheiten wieder anzuwenden. **Er** wird weiterhin versuchen, Mangel, ob real oder nicht, zu beseitigen und **er** wird versuchen von allem immer **mehr** zu bekommen, selbst wenn **er** es anderen wegnehmen muss.

**Ein Leben ohne ihre Beteiligung meine Damen und Herren ist möglich und findet genauso auch statt! Ihr Verstand braucht sie nicht, sie dürfen weiter in ihrer Bewusstlosigkeit verharren, auf bunte Bildschirme blicken, angebotene Knöpfe drücken, das Spiel: Besser, schneller, klüger, stärker als…**

spielen, Porsche fahren, mächtig sein, reich sein, Recht haben, informiert sein, ihre tägliche Pflicht tun und trotzdem nie das Gefühl gehabt haben ein sinnvolles, eigenes Leben zu führen. Wen stört das?! (Sie vielleicht?)".
Eckehart holt tief Luft.
„Gäbe es keine Rohstoffknappheit und wären unsere Ressourcen unendlich, wäre ein so vergeudetes Leben für niemanden (außer für sie selbst) ein Problem.
Aber es **gibt** eine immense **Rohstoffknappheit**, es gibt die **Klimaveränderung** durch den Ausstoß von doppelt so viel CO2 wie unser Planet verarbeiten kann.

*(Anmerkung des Autors:*
*Juni 2013. Ich sehe wie die Kanzlerin den Rettungsmannschaften in den Hochwassergebieten ein Lob für ihren Einsatz ausspricht, statt sich dafür zu entschuldigen, dass die Politik unfähig war den CO2-Ausstoß dergestalt zu reduzieren, dass es erst gar nicht zu solchen Katastrophen kommen muss.*
*September 2013. Auch im gerade geführten Wahlkampf ist das Wohl der folgenden Generation, das nun einmal durch Rohstoffknappheit, Überbevölkerung und Extremwetterlagen beherrscht sein wird, kein Thema!?*
*Dabei sind die Fakten bekannt und niemand aus Politik und Wirtschaft kann sich damit herausreden, es nicht gewusst zu haben! Lediglich ein Plakat der Firma „Naturenergie" warnt vor dem Klimawandel.*
*Oktober 2013, die Kanzlerin blockiert ein EU Abkommen zur CO2-Reduzierung zugunsten großer*

*Edelklassewagen. Die CDU erhält ungefähr zur gleichen Zeit eine Spende der Familie Quandt (BMW) von 690.000 Euro.*
*Juni 2014 – Jahrhundertunwetter suchen Nordrhein Westfalen heim und töten sechs Menschen. Natürlich würde jeder einzelne unserer 598 Bundestagsabgeordneten die Verantwortung dafür weit von sich weisen! Wir können doch nichts dafür! Zwei Monate vorher wurde Kroatien von immensen Unwettern heimgesucht.* )

Davon, dass ganze Städte durch immer heftigere Taifune vernichtet werden wollen wir erst gar nicht sprechen. Die Zeit in der wir noch so weitermachen können, **ist** stark begrenzt und dann bricht **alles** zusammen. Die Veränderungen die wir so scheuen und die uns so viel Unbehagen bereiten, stürzt dann mit einer Wucht über uns herein, der wir nichts mehr entgegen zu setzen haben!"
Es ist still im Saal. Betretenes Schweigen.
„Wir könnten aber auch", sagt Eckehart, „begreifen, dass wir **nicht unser Verstand sind, sondern dass wir einen Verstand haben**. Dass wir, den in ihm ablaufenden Automatismen, nicht blind folgen müssen. Dass der Untergang der Welt, so wie wir sie kennen nicht zwangsläufig kommen muss, dass wir durchaus **die Wahl haben**!
Wir können unseren Kindern und Enkeln (die wir ja angeblich lieben) – (mehr als unser trügerisches Gefühl der „Sicherheit?) einen intakten Planeten und eine intakte Gesellschaft hinterlassen. **Wir können uns verändern** meine Damen und Herren! <u>Wir können alles anders</u>

machen.
Die NASA hat zum Beispiel Wissenschaftler, die funktionierende Pläne entwickelt haben, wie wir dem Mars eine Atmosphäre verpassen und ihn dann besiedeln können. Und diese Pläne sind durchführbar!
Dem menschlichen Geist ist nahezu nichts unmöglich. (Unseren Politikern aber wohl nahezu alles?).
Wenn wir diese wissenschaftliche Intelligenz (statt zur Besiedelung des Mars) dazu benutzen würden die Vision einer neuen Gesellschaft, einer neuen Weltgemeinschaft zu entwerfen, in der die gesamte Menschheit noch tausende von Jahren gut und sorgenfrei leben kann, bräuchten wir uns um die Zukunft unserer Nachkommen nicht zu sorgen."

<u>Oktober 89. Der Bezugspunkt</u>.

Die Tänzerin.
„Ich gehe", sagt die Tänzerin. „Hier habe ich nichts mehr verloren."
„Wohin willst du?"
„Ich habe eine Wohnung", sagt sie und es ist mitten in der Nacht und sie ist nach sechs Wochen zurückgekommen, um es mir zu sagen.
„Die Kinder nehme ich mit", sagt sie, „aber du kannst sie jeden Abend besuchen und sie ins Bett bringen."
„Danke", antworte ich.

„Sie brauchen dich", erwidert die Tänzerin.
„Danke", sage ich noch einmal.
„Hör auf dich zu bedanken."
Wir schweigen eine Weile, während die Tänzerin auf der Bettkante sitzt und ihre Hände ansieht.
„Mach dir keine Vorwürfe", sage ich. „Es ist nicht deine Schuld."
Die Tänzerin sieht mich an. Sie ist so schön und unglücklich, dass es mich zerreißt.
„Du bist eigentlich ganz ok", sagt sie.
„Wie machen wir es an den Wochenenden?"
Die Tänzerin zuckt die Schultern. „Jedes zweite Wochenende?"
„Ich würde sie gerne jedes Wochenende sehen."
„Sie brauchen dich", sagt die Tänzerin noch einmal. „Ich denke das geht in Ordnung."
Sie zögert einen Moment bevor sie aufsteht. „Morgen hole ich meine Sachen."
„Nimm mit was du brauchst", sage ich. „Mir ist es egal."
„Du bist in Ordnung", sagt die Tänzerin, „aber es hat nicht gepasst."
„Ich habe es verpatzt", erwidere ich.
„Nicht nur du", sagt sie.
„Nein, nicht nur ich, aber in der Hauptsache schon."
Ich will keinen Streit und ich will keine Rechtfertigungen.
„Du kannst jedem sagen, dass ich es verpatzt habe."
Die Tänzerin sieht mich dankbar an.
„Danke", sagt sie.
„Du brauchst dich nicht zu bedanken."
Die Tänzerin steht auf und geht und ich weiß, dass ich es morgen den Kindern sagen muss.

11. Januar 2004. (15 Jahre nach 1989).

**Wahrheit.**
„Kein Fernsehprogramm könnte so gut sein, keine Community so interessant und keine Meldung so spannend, keine App so nützlich, dass wir nicht doch irgendwann den Blick heben und bemerken würden, dass da etwas nicht stimmt. (Das Wetter ist bereits viel extremer geworden, in immer mehr Ländern gibt es Umstürze, (Arm gegen Reich) und unsere Ressourcen werden immer knapper, es gibt immer mehr Terroranschläge...)
Warum das trotzdem nicht passiert, warum wir eben nicht den Blick heben, ist einfach zu erklären: Außer mit dem Fernsehprogramm, dem Handy, dem Internet und Funhaben sind wir auch noch den ganzen Tag, ja unser ganzes Leben lang mit einigen weiteren Mechanismen (Automatismen) beschäftigt, **die uns in unserer Bewusstlosigkeit festhalten.**
Drei davon will ich heute besprechen:

**Die drei Automatismen: Die Wahrheit, das Rechthaben, Informationen sammeln."**
Eckehart macht eine bedeutungsschwere Pause.
„Ich werde Ihnen zum Beispiel auf keinen Fall **die Wahrheit** erzählen!"
Eckehart fährt fort:
„Es gibt so viele, die wissen was Wahrheit ist. Arbeitgeber, Politiker, Priester, Bewerbungstrainer, Eltern. Mit keinem Begriff der menschlichen Sprache ist je so viel Schindluder getrieben worden, wie mit dem der Wahrheit!

Deshalb gleich von Anfang an: Alle wissen sie Bescheid. Alle – außer mir! Ich erzähle ihnen nur **Märchen**!"
Stille.
„Was ist das eigentlich – die Wahrheit?"
Jetzt sieht Eckehart in unentschlossene, manchmal sogar etwas misstrauische Gesichter. Draußen scheint derweil die Sonne in einem wolkenfreien, tiefblauen Himmel. Der zweite schöne Tag in Folge, was in diesem Winter eine Seltenheit ist. Überall blitzen Schneekristalle und schmerzen in den Augen.
„Was ist Wahrheit?", fragt Ulrich Eckhardt noch einmal.
„Draußen scheint die Sonne", sagt Claudia und schaut mich mit ihren strahlend blauen Augen an. Claudia mit ihren langen Beinen. Claudia die urplötzlich errötet, wenn sie mit mir spricht. Claudia die mich vielleicht liebt - und - Claudia die verheiratet ist... (habe ich das schon erwähnt?)

Eckehart schaut in die Runde. „Sieht das jeder von euch so?" (Draußen scheint die Sonne). Ist diese Aussage, diese Information richtig?"
Alle nicken.
„Gut", sagt er, „wenn es alle so sehen, ist es die Wahrheit!" Er steht auf und schreibt den Begriff an die Tafel: **Wahrheit**. Und darunter: **ist für alle gleich**.
Eckehart dreht sich um. „Wenn wir, die für alle stimmenden Informationen, als Wahrheit bezeichnen, erlaube ich mir **Informationen, die nicht für alle gleich sind, über die man diskutieren muss oder kann, Märchen zu nennen.**"
Jetzt nimmt er einen Kugelschreiber und hebt ihn nach oben. „Was passiert, wenn ich ihn loslasse?"

„Er fällt herunter", erklärt Herr Schneider, der schlohweiße Haare hat und ein Buchhalter ist.
„Schwerkraft", fügt er hinzu. „Alle Gegenstände fallen nach unten!"
„Stimmt das?", fragte Eckehart. „Ist das die Wahrheit?"
„Ja."
„Nun, dann wollen wir das einmal ausprobieren!"
Er hebt demonstrativ den Stift nach oben und macht eine Künstlerpause.
Ich weiß genau was in den Köpfen seiner Zuhörer vorgeht. „Jetzt kommt ein Trick", denken sie und erwarten, dass der Stift eben nicht nach unten fällt.
Eckehart lässt los.
Der Kugelschreiber überschlägt sich auf dem Boden.
„Aha", sagt er. „Das scheint wohl so zu sein." Er hebt den Stift wieder auf.
„Was geschieht, wenn ich ihn jetzt wieder loslasse?"
„Er fällt", sagt Frau Marlik eine sportliche, kleine Brünette die sehr gut, aber auch sehr aufreizend angezogen ist. In ihrem stark geschminkten Gesicht, das schmal ist, leuchten zwei aufmerksame, schöne, klare Augen. Sterne an einem dunklen Himmel. Ich weiß, dass hinter dieser auffälligen Fassade ein kleines, kluges, unsicheres Mädchen steckt, das morgens mindestens zwei Stunden braucht, um sich zu stylen. Es ist ihre Uniform hinter der sie sich verstecken kann. Und obwohl sie den kürzesten aller Röcke trägt, gehen für mich keinerlei sexuelle Signale von ihr aus.
Eckehart lässt wieder los. Wieder passiert das Gleiche.
Der Kugelschreiber fällt zu Boden.
„Aha", sagt er, „ihr scheint recht zu haben. Müssen wir darüber diskutieren, weil das vielleicht für jemanden nicht

so ist?"
„Nein."
Er geht wieder zur Tafel und schreibt unter: „Wahrheit ist für alle gleich" noch: „Über **Wahrheit braucht nicht diskutiert zu werden.**"
„Umgekehrt", fährt er fort, „**wenn wir über etwas diskutieren, oder uns streiten, dann ist es nicht die Wahrheit!**
So weit so gut. Ich erzähle euch jetzt noch ein paar von diesen Wahrheiten. Zum Beispiel: Wer ohne links und rechts zu schauen über eine belebte Straße geht, wird früher oder später überfahren.
Wer auf feuchtem Untergrund mit nackten Füßen mit beiden Fingern in die Steckdose fasst, bekommt einen Schlag.
Jeden Morgen geht die Sonne auf. Es gibt den Mond. Ist das für alle dasselbe?"
Seine Schüler nicken.
„Müssen wir darüber diskutieren?"
Jetzt schütteln alle den Kopf.
„Aha", denke ich, „selbst die hübsche Blondine, um die vierzig vor uns, die sehr oft ihr Ohrläppchen massiert, scheint langsam Interesse an Eckeharts Vortrag zu bekommen."
Sie massiert ihr Ohr - natürlich!
„Sie alle haben offensichtlich genügend richtige, stimmende  Informationen gesammelt, um in unserer Welt überleben zu können. *Sie alle wissen genug über die Wahrheit*, denn sonst würden sie nicht hier sitzen. Sie wären im Krankenhaus, oder auf dem Friedhof.
Früher war das noch viel augenscheinlicher. Denken sie an eine Situation im Urwald, oder in der Steppe. Jedes

Geräusch, quasi **jede Information war wichtig.** Das veränderte Verhalten von Tieren konnte über Leben oder Tod entscheiden. War diese Pflanze giftig, hatte sie Heilwirkungen, wenn ja, in gekochtem Zustand oder doch eher roh? Was bedeutete es, wenn sich die Wolken so zusammenzogen? In der damaligen, lebensfeindlichen Umgebung gab es keine unwichtigen Informationen oder Fakten.

Kein Wunder also, dass wir *nicht* darauf trainiert sind Wahrheit und **Märchen** (also wichtige und **unwichtige Informationen**) auseinander zu halten. (Unser Verstand wäre im Urwald, oder in der Steppe nie auf die Idee gekommen, dass etwas unwichtig sein könnte!).

Und wir lernten und lernten und sammelten **alle** Informationen die wir bekommen konnten und verteidigten sie gegen falsche Aussagen mit **Rechthaben**.

Schließlich hatten wir mit genau diesen Informationen, mit genau diesem Verhalten und mit genau diesen Ergebnissen bisher überlebt!"

Seine Zuhörer verstehen.

„**Rechthaben war und ist also wichtig, und richtig, wenn es um Wahrheiten, also richtige, stimmende Informationen und damit um das Überleben ging und geht.**

Gut, diesen Mechanismus (Informationen sammeln und sie mit Rechthaben zu verteidigen) zu haben!

Verheerend ist das Rechthaben jedoch, wenn wir uns, wie in **90 % aller Fälle**, um **Märchen** streiten. Dabei ist es doch so einfach!

Zur Erinnerung:

- **Wahrheit ist für alle gleich.**
- **Über Wahrheit braucht nicht diskutiert zu werden.**
- **Wenn wir über irgendetwas diskutieren, dann kann es nicht die Wahrheit sein.**

Würden wir jede Information danach prüfen ob

- **sie für alle gleich ist,**
- **ob man über sie diskutieren kann, oder nicht,**

würde die ganze unsägliche Rechthaberei auf einen Schlag der Vergangenheit angehören.
90 % aller Streits und Konflikte wären dann plötzlich überflüssig.
(Übrigens: 90 % aller Streits **s i n d überflüssig!!!**)."
Eckehart schaut seine Zuhörer an. „Halten wir für den Moment fest, dass **das Rechthaben früher einmal dazu bestimmt war, die richtigen und wichtigen Informationen zu schützen,** da ansonsten unser Überleben gefährdet gewesen wäre.
Jetzt aber ist das **Rechthaben** genauso zu einem (unbewussten) **Automatismus** geworden wie das **Mangelgefühl** und läuft fast ohne unser Zutun, auch bei völlig unwichtigen Informationen ab. Ob nun Schalke 04 oder Borussia Dortmund die bessere Fußballmannschaft ist, ob nun bei Deutschland sucht den Superstar Heike oder Silke die bessere Performance abgegeben hat, ob nun Rot oder Grün regieren sollte, sind für unser direktes Überleben völlig belanglose Dinge.

Trotzdem streiten wir darüber, wollen Rechthaben und sind sogar bereit uns die Köpfe dafür einzuschlagen. Versuchen sie sich doch einmal in einer Diskussion oder in einem Streit zu fragen, ob es hier um die Wahrheit, oder aber doch nur um Märchen geht.
Schon hätten sie sich diesen Mechanismus bewusst gemacht, **wären quasi aufgewacht** und hätten nun die Wahl:

1. Weiter streiten (Automatenmensch).
2. Den Anderen Recht haben lassen (Erwachen)

und dabei die erstaunliche Erfahrung machen, **dass sie dies überleben werden!** (Und dass es gar nicht so leicht ist, den Anderen Recht haben zu lassen, obwohl sie wissen, dass es nicht wichtig ist!).


- **Wahrheit ist für alle gleich.**
- **Über Wahrheit braucht nicht diskutiert zu werden.**
- **Wenn wir über irgendetwas streiten kann es nicht die Wahrheit sein.**

Lernen sie, ihrem Gegenüber einfach Recht zu geben, oder Rechthaben zu lassen, **wenn es nicht um die Wahrheit geht.**
**Sie werden das überleben! Und sie werden erwachen!**
**Und sie haben eine Wahl getroffen und als freier Mensch agiert!"**

## Eckehart schreibt an das Whiteboard

„Der Verstand kann nicht automatisch zwischen Wahrheit und Märchen unterscheiden."

**Wahrheit:**

Ist für alle gleich.
Über Wahrheit braucht nicht diskutiert zu werden

↓

Das Verteidigen der Wahrheit mit Rechthaben ist sinnvoll

↓

Die Folge: Es werden Informationen gesammelt und auf ihren Wahrheitsgehalt geprüft

**Märchen:**

Alles worüber wir streiten können. Märchen werden vom Verstand irrtümlicherweise, aber automatisch, als überlebensnotwendig angesehen und mit Rechthaben verteidigt.
Kennzeichen von Märchen: Sie können beliebig ausgetauscht werden, ohne dass dies unser Überleben gefährdet. Märchen müssen mit Meinungen, Ansichten, Glauben und Überzeugungen gestützt werden, um ihnen überhaupt eine Art von Bedeutung verleihen zu können.

↓

Das Verteidigen der Märchen mit Rechthaben ist absolut sinnlos.

↓

Die Folge: Es werden Informationen gesammelt ohne sie auf ihren Wahrheitsgehalt zu überprüfen

Oktober 1989.

Charlotte.
Probe für das Stück „Trotz aller Therapie".
Es ist heiß heute und später Nachmittag. Alle Fenster und Türen des kleinen Theaters sind offen. Doch es ist zwecklos. Da, wo es vor Urzeiten einmal Wind, oder doch zumindest ein kühlendes Lüftchen gegeben hat, existiert jetzt nur noch Hitze. Stehende Wattehitze. Der Himmel draußen blau und tief wie das Meer. Ich sitze in der ersten Reihe und sehe zu wie Bruce, der eigentlich Wolfgang heißt, mit seinem Liebhaber Charlottes Praxis betritt.
Charlottes Praxis besteht heute nur aus einem weißen Campingtisch und zwei weißen Campingstühlen. Unsere Regisseurin ist der Ansicht, dass wir der Fantasie Raum geben müssen und dass dieser Raum kleiner wird, wenn wir mehr als nur Anhaltspunkte hinein stellen.
Im seltsamen Kontrast zu dieser Freigeistigkeit steht die Akribie mit der sie jede Szene, ja eigentlich jeden Satz immer und immer wieder üben lässt.
Regisseurin: „Verdammt Charlotte…"
Natürlich heißt Charlotte nicht Charlotte, sondern Anna. Aber solange Maria unsere Regisseurin ist, müssen wir unsere Rollen
s e i n.
Das gilt im Theater und auch danach, wenn wir noch in die Kneipe oder auf Veranstaltungen gehen.
(Mit unserer Regisseurin in der Kneipe):
Kneipenbekanntschaft: „Was machst du beruflich?"
Ich: „Ich bin Schau…"
Da trifft mich ein harter Tritt von Maria unter dem Tisch,

so dass mir beinahe die Luft weg bleibt.
Ich: „… bin Psychiater."
Kneipenbekanntschaft: „Oh."
Ich: „Verdammt sexy, was?"
Kneipenbekanntschaft: „Wie meinst du das?"
Ich: „Na, die meisten Frauen finden mich total sexy!"
Kneipenbekanntschaft: (schaut irritiert). „Ich kenne dich kaum."
Ich: „Das können wir ändern Schätzchen."
Kneipenbekanntschaft: „Ich bin nicht dein Schätzchen!"
Ich: „Das können wir ebenfalls ändern."
Kneipenbekanntschaft: „Also das geht mir jetzt wirklich zu schnell."
Ich: (erschrocken). „Zu schnell? Woher… ich meine, wie meinst du das?"
Kneipenbekanntschaft: „Na ja, das klingt ja so, als ob wir in den nächsten 5 Minuten miteinander ins Bett steigen."
Ich: „Tun wir das nicht?"
Kneipenbekanntschaft: „Nein!"
Ich: „Dann vielleicht in 10 Minuten?"
Kneipenbekanntschaft: „Nein!"

Währenddessen sieht Maria zu und ist zufrieden. So hat sie sich ihren Doktor Stuart Framingham vorgestellt, genau so.
Und ich? Nun ich mache mit dieser Rolle im realen Leben neue, oftmals erstaunliche Erfahrungen. (Zum Beispiel Frauen lieben Arschlöcher!)
Ich: (auf dem Rücken liegend eine Zigarette rauchend). „War ich wieder gut heute!"
Kneipenbekanntschaft: „Das warst du Doktorchen, das warst du!"

11. Januar 2004. Ich bin Schauspieler. (15 Jahre nach 1989).

Eckeharts Vortrag:
„Nachdem wir gelernt haben Wahrheit von Märchen zu unterscheiden (**Wahrheit ist für alle gleich, über Wahrheit braucht nicht diskutiert zu werden**) und wissen, dass wir sowohl die Wahrheit, als auch Märchen mit **Rechthaben** verteidigen, beschäftigen wir uns heute mit dem Stoff, dem Material, **womit** wir versuchen Recht zu haben, den Informationen."
Eckehart holt tief Luft. „Wir brauchen **Informationen** um überleben zu können (sagt unsere Überlebensmaschine), wir brauchen **Informationen** um Rechthaben zu können (was für unseren Verstand ja Überleben bedeutet). Wir brauchen **Informationen,** um unsere Meinungen und Ansichten zu verteidigen, die wir ja nur geschaffen haben (Hilfskonstruktionen), um noch besser Rechthaben (noch besser überleben) zu können.
**Informationen**, immer wieder **Informationen!**
Je mehr je besser und **alle** waren sie damals im Urwald überlebensnotwendig.

Um ein Beispiel zu nennen: Wenn jemand zu mir kam und giftige Pilze essen wollte, verteidigte mein Verstand seine Informationen (die sind giftig!) mit Rechthaben.
„Tut mir leid", hätte ich gesagt. „Die esse ich nicht die sind giftig!"
„Quatsch", hätte vielleicht der andere geantwortet, „die schmecken prima. Du verpasst das Pilzessen deines Lebens. Selber schuld!"

**Wer Recht hatte überlebte.**
**Das Rechthaben ist also der Schutzmechanismus des Verstandes, um seine Informationen, Meinungen, Lebenseinstellungen und Ansichten, mit denen er überleben kann zu verteidigen**.

Eigentlich eine gute Sache, oder?"
„Na ja", wirft Claudia ein, „wie sie schon sagten, eine gute Sache, wenn der Verstand das nur mit der Wahrheit, also richtigen und wichtigen Informationen machen würde!"
Josef: „Oder wenn er nur diese Art von Informationen (Wahrheiten) sammeln würde."
Ich: „Dann würde es auch kaum Streit oder Ärger geben, denn wie gesagt: Wahrheit ist ja für alle gleich!"
Niemand widerspricht. Eckehart nickt.
„Da haben sie Recht", stimmt er zu. „Würde unsere Überlebensmaschine **automatisch** zwischen Wahrheit und Märchen, wichtigen und unwichtigen Informationen unterscheiden, würde sie sich mit einem Bruchteil der Informationen zufrieden geben können und sich trotzdem sicher fühlen. Da wir dies aber nicht tun (zwischen wichtigen und unwichtigen Informationen unterscheiden), hält der Verstand zuerst einmal **alle** Informationen für **wahr** (und damit für überlebensnotwendig).
Da die Angst vor dem Tod die stärkste Antriebskraft in unserem Leben ist, verstehen sie wohl, warum unser Verstand **süchtig nach Informationen** ist, warum er alles, was er für wissenswert hält sammelt. Warum unser Verstand auch hier wieder von seinem berühmten Mangelgefühl getrieben wird, – **nicht genug**!
Und wie sie es völlig richtig bemerkten, hier fängt die Sache an, dem modernen Menschen zu entgleiten.

So lange wir im Urwald lebten **und alle Informationen wichtig waren**, stellte dies alles kein Problem dar und wir konnten gut damit (über)leben, **dass unser Verstand keine Unterscheidung zwischen wichtig und unwichtig traf,** da es ja kaum unwichtige Fakten gab. Heute aber, in einer Zeit, in der ganze Industriezweige davon leben, uns jede *erdenkliche Information* zur Verfügung zu stellen, wird dieses mangelnde Unterscheidungsvermögen (Wahrheit – Märchen), gepaart mit unserem Mangelbewusstsein zu einem wirklichen Problem.
**Wir müssen immer mehr Fakten haben** - egal ob wichtig oder nicht - und stopfen uns jeden Tag damit voll. „Du musst informiert sein, du musst schließlich mitreden können!", wird uns außerdem von außen suggeriert. (Informationsgesellschaft!).
Und so lesen wir zwei Tageszeitungen, schauen Nachrichten und werden das Gefühl nicht los, noch immer nicht genügend auf dem Laufenden zu sein, **nicht genug** zu wissen. (**Mangelbewusstsein** auch hier!).
Aber: Mit einer *derartigen* Informationsflut mit der wir es heute zu tun haben, hat der Konstrukteur dieser Maschine (unseres Verstandes) ganz einfach nicht gerechnet. Und schon gar nicht damit, dass es später einmal eine ganze Industrie geben würde, die dieses Mangelgefühl (**zu wenig**) auch noch für ihre Zwecke sinnlos verstärken würde. (Genauso wie die Werbung den Mangelautomatismus noch unnötiger- und gefährlicherweise Tag für Tag anheizt).
Tagtäglich werden wir nun durch die Medien mit völlig überflüssigem Ballast zugeschüttet, den wir garantiert nicht zum Überleben brauchen! (Märchen!)

Eine weitere Folge des fehlenden Unterscheidungsvermögens ist, dass unser Verstand, wie bereits gesagt, **alle** gesammelten Wissensschätze (egal ob wichtig oder unwichtig) mit Rechthaben verteidigt.

**Rechthaben** – wir erinnern uns, ist der Schutzmechanismus des Verstandes mit dem er die Informationen verteidigt, die er ja zuerst einmal **alle** (egal ob Wahrheit oder Märchen), für überlebensnotwendig hält und alle sammelt. Je mehr Fakten wir sammeln, desto mehr müssen wir auch Rechthaben.
D.h. auch, dass unsere Überlebensmaschine jeden Tag unseres Lebens, eine Menge Energie und Zeit mit dem **sinnlosen Sammeln von Informationen und dem Rechthaben verbringt.**
Wie sonst könnten Seiten im Internet überleben, die solche Informationen anbieten:

      Katzenberger: Bin auch mal schlecht drauf...
      Bruce Willis: Privat ein Höhlenmensch....
      Hemsworth beim Knutschen erwischt...
      Das rührendste Video im Netz... usw."

Eckehart macht eine Pause.

„Dazu entwickeln wir Ansichten, Meinungen, einen Glauben über uns und die Welt, die wir mit Rechthaben verteidigen. Um besser Rechthaben zu können, brauchen wir noch mehr Informationen, die wir von jetzt ab ununterbrochen sammeln.
Wir versuchen dadurch besser, stärker, schneller und klüger als... zu sein und empfinden jeden, der anderer

Meinung ist als wir, als Bedrohung.
Gleichzeitig haben wir von allem **zu wenig**.
(Mangelautomatismus) und müssen daher von allem **mehr** haben. Der Reiche muss noch reicher werden, der Gesunde noch gesünder, der Schöne noch schöner der Mächtige noch mächtiger.
Zu diesem Zweck haben wir eben diesen informationssüchtigen Verstand, der alle sinnigen und unsinnigen Informationen sammelt, und das zweite Problem: Seinen **Schutzmechanismus, (das Rechthaben)**, mit dem er diese Informationen verbissen verteidigt. Egal ob es sich dabei um Wahrheiten oder Märchen handelt.
**Das Informationen sammeln und das Rechthaben dient also bei Märchen zur Unterstützung unserer Ansichten, Meinungen, Glaubenssätzen, die wiederum unsere Rolle stützen, in der wir uns sicher fühlen.**

Kein Wunder also, dass wir den Kopf nicht heben und einmal in die Welt hinausschauen. Warum wir eben nicht merken, dass mit unserer Entwicklung etwas fürchterlich schief läuft. Wir sind einfach zu beschäftigt!

Zusammenfassung:
Damit kennen wir fünf Automatismen, mit denen wir uns ununterbrochen den ganzen Tag über beschäftigen:

1. Zu wenig (Mangelbewusstsein)
2. Die Rolle
3. Informationssucht
4. Das Rechthaben
5. Das automatische Bilden von Meinungen, Ansichten und Glaubenssätzen, um unsere Rolle und unsere Art zu leben, zu stützen.

Ein Fulltimejob würde ich sagen! Und kein Wunder, dass keine Zeit mehr für wirklich wichtige Überlegungen bleibt! Zum Beispiel: Wer bin ich eigentlich? Was ist der Sinn meiner Existenz? Wie sollen wir als Menschheit auf einem Planeten mit endlichen Rohstoffen überleben, wenn wir eine Gesellschaft geschaffen haben die nur funktioniert, wenn sie diese Rohstoffe möglichst schnell verbraucht?)."

Regisseurin: „Verdammt Charlotte, mir ist genauso heiß wie dir. Jetzt reißt dich doch mal zusammen!" (Maria benutzt das Wort „verdammt" eigentlich in jedem dritten Satz).
Maria mit ihren schwarzen Korkenzieherlocken und ihrem schneeweißen Teint. Maria mit den pechschwarzen Kohlenaugen, die fast immer einen leicht fiebrigen Glanz haben. Maria, die andauernd wütend scheint und Maria, die uns mit ihrer Leidenschaft immer wieder in ihren Bann zieht. Mittelgroß, mittelschlank und auf ihre spröde Art durchaus attraktiv.
Regisseurin: „Das ist doch nicht so schwer! Bruce ist dein Patient, der dich um einen Termin gebeten hat.
Verdammt dringend verstehst du?"
Charlotte: (nickt).
Regisseurin: „Ja also und jetzt kommt er zu zweit, bringt einen Liebhaber mit, von dem du überhaupt nichts gewusst hast. Du bist irritiert verdammt noch mal, kapierst du das nicht? Du hast nicht gewusst, dass er bisexuell ist und falls du es gewusst hast, ist dieses Wissen längst in deinem unterzuckerten Gedächtnis verschwunden."
Charlotte: „Doch..."
Regisseurin: „Dann sei irritiert!"
Ich merke, wie ich Charlotte schon eine ganze Weile anstarre.
Sie ist klein, drahtig, mit energisch, geschmeidigen Bewegungen. Katzenhaft.
Sie hat wunderschöne Beine, braun gebrannt, die in kurzen Turnhosen stecken. Ihre kleinen, kegelförmigen Brüste stehen steil nach vorne und ihre übergroßen Brustwarzen sind schon wieder hart und zeichnen sich

deutlich unter dem Stoff ihres schulterfreien Shirts ab.
Ich starre sie an und sie mich. Immer wieder.
Augenkontakt. Löcher in Seelen brennend. Blut in
Körperteile sendend, die das Denken unmöglich machen.
Das ist wahrscheinlich der Grund warum es mit der
Szene nicht klappt.
Charlotte hat eine brünette Langhaarfrisur und einen
Pony bis zur Hälfte ihrer Stirn. Darunter hellblaue Augen
mit pechschwarzen Pupillen. Groß, durchdringend.
Augen, die einen Mann wehrlos machen. Wehrlos und
erregt. Eine fatale Kombination.
Später sind wir zusammen im Biergarten und tanzen. Als
ein langsames Stück kommt, drücken ihre Brüste Löcher
in meine Haut. Sie wandern langsam, hart, über meine
Brust. Ich kann nicht mehr! Ich brenne. Und Charlotte
auch.
„Komm", sagt sie dann, denn sie wohnt direkt über der
Straße.




13. Januar 2004: (15 Jahre nach 1989).

Eckehart: „Ich freue mich, sie alle wieder begrüßen zu
können", beginnt er. „Heute wollen wir uns noch einmal
mit dem **Rechthaben** beschäftigen. Warum? Nun, weil
ich den Eindruck habe, dass ich die Mächtigkeit dieses
Automatismus noch nicht genügend betont habe.
Sie erinnern sich: **Rechthaben** bedeutet für unseren

Verstand **Überleben**, bedeutet **Sicherheit**, bedeutet dass er weiß wie das Leben funktioniert. (Was giftig ist, was gut ist, was gefährlich, was ungefährlich, was richtig und was falsch ist, welcher politischen Partei man angehören muss, welches Auto das Richtige für ihn ist usw.)

90 % aller Streits gehen ums Rechthaben. Ja, Rechthaben ist sogar so wichtig, dass wir Rechthaberanwälte einschalten, um Recht zu bekommen, da wir ja leider nicht wie früher die Keule nehmen dürfen, um unsere Meinung durchzusetzen. Natürlich nimmt sich nun die Gegenseite auch einen Rechthaberanwalt – äh Rechtsanwalt und damit wir bestimmen können, wer denn nun noch rechter hat, brauchen wir einen Richter. Ob der Recht hat bestimmt ein Berufungsrichter usw. Verrückt, oder?
Natürlich sind wir an diesen Wahnsinn gewöhnt und das alles kommt uns völlig normal vor. Aber überlegen sie doch einmal, ist es das wirklich? <u>Müssen wir blind den Mechanismen (Mangel, Informationssucht, Rechthaben, der Rolle)</u> folgen, die unbemerkt in unserem Verstand ablaufen und uns seit tausenden von Jahren, von wirklicher Liebe und Verständnis für andere Menschen abhalten? Müssen wir durch das Rechthaben in unserer ewigen Beschränkung verharren, statt uns zu öffnen, um von anderen freudig andere Sichtweisen über das Leben zu lernen?
Wir wissen es: Rechthaben bedeutet immer Abgrenzung, Verarmung, Rückzug auf die eigene, „sichere" Art des Überlebens und Denkens! Wir wiederholen ständig unsere Meinungen, Ansichten, Märchen und Geschichten die diese stützen. (Wie langweilig, die kennen wir doch

alle schon!)
Wir lehnen andere Arten zu sein, zu leben ab, obwohl wir einen objektiven Beweis vor uns haben, dass dies ganz offensichtlich möglich ist und niemand der ihrem Beispiel nicht folgt (auf die gleiche Art lebt, oder glaubt) gleich vom Blitz getroffen wird.
Wir stellen uns als stärker, besser, schneller, klüger und erfolgreicher als… dar, damit wir uns über unsere Mitmenschen stellen und sie ausbeuten, oder ihnen noch Schlimmeres antun können. Wir brauchen Statussymbole, um den Anderen und uns selbst zu zeigen, wie erfolgreich wir im Überleben sind, weil uns das beruhigt, uns Sicherheit gibt. (Quasi das eigene schwache Selbst, das sich vor dem Tode fürchtet, ummantelt, umhüllt).
Bei der Religion geht es beim Rechthaben sogar um das ewige Überleben und deshalb wollen alle noch mehr Recht haben als sonst. (Noch langweiliger! Als ob unser beschränkter, menschlicher Verstand je ausreichen könnte, um Gott zu erklären, oder gar zu begreifen!).
Weitere Auswirkungen dieser Rechthaberei:
Nehmen wir als Beispiel einmal fünf Politiker in einer Talkshow.
Der Eine ist für Atomkraft, der Andere dagegen. Einer scheint unentschieden, die zwei Letzten hingegen richten sich nach dem, was ihre Partei zu diesem Thema sagt.
Die Diskussion beginnt und was auffällt ist, dass keiner der Herren bereit zu sein scheint seine Position zu verlassen. Damit sie mit ihrer Meinung glaubhaft dastehen, haben sie ein Heer von Fachleuten beschäftigt, die ihnen die nötigen Argumente zur Hand gegeben haben. Bei dem einen Politiker - Argumente für

die Atomkraft, bei dem Anderen - die Argumente dagegen. Verstehen sie meine Damen und Herren. Zuerst war die (Partei)Meinung da und **damit man Recht behalten kann, hat man sich mit Argumenten versehen.**
Diese Menschen, in der Hauptsache Politiker, wollen also gar nicht wissen, oder erfahren wie ein Problem zu lösen sein könnte, **sie wollen einfach nur Rechthaben** und beschäftigen ein Heer von Fachleuten damit, ihnen die entsprechenden Argumente zu liefern.
Natürlich kennen diese „Fachleute" die Meinung ihrer Auftraggeber und werden die Fakten entsprechend filtern und aufbereiten.
Damit haben unsere Politiker von vornherein den Nachteil, dass sie eigentlich nie objektive Sachverhalte zur Hand haben.
Hinzu kommt noch, dass (gefühlte) 2/3 unserer Politiker im Bundestag entweder Lehrer oder Rechthaberanwälte sind, die zwar eine einigermaßen akzeptable Allgemeinbildung, aber keinerlei Fachwissen (Wirtschaft, Vernetzungen, Umwelt usw.) haben.
Keine guten Voraussetzungen, um fachkompetente Lösungen zu erarbeiten, obwohl wir gerade jetzt, wirkliche, Bereichs- und länderübergreifende Sichtweisen dringend nötig hätten." Eckehart lächelt.
„Würden sie sich vielleicht von einem Rechtsanwalt den Blinddarm operieren lassen?", fragt er dann. „Nein? Aber dass ein Rechtsanwalt Finanzminister und ein Arzt Wirtschaftsminister ist, finden sie normal? Woher soll ein Arzt etwas von Wirtschaft verstehen, oder ein Jurist, der vorher Innenminister war, plötzlich etwas von Finanzen?" Eckehart hebt beide Arme.

„Das ist ein wirkliches Problem, das durch Berater (die teilweise auch noch Lobbyisten sind), eben nicht zu lösen ist!" Eckehart holt tief Luft.
„Es geht also in unserer Talkshow von vornherein nicht darum ein Problem zu lösen, sondern wirklich nur um das „öffentliche Rechthaben". (Verschwendete Zeit!). Wobei es auch nicht gerade hilfreich ist, dass viele der Politiker auch noch in Aufsichtsräten von Firmen sitzen und schon allein daher die erforderliche Objektivität vermissen lassen, oder gar nicht haben dürfen. (Sonst kommt ein Kollege in den Vorstand, oder bekommt den lukrativen Vortragsvertrag!).
Hätte man die Fachleute im Hintergrund hingegen zusammengesetzt und eine gemeinsame Lösung suchen lassen, wäre das mit Sicherheit sinnvoller und produktiver gewesen, als deren Fachkenntnisse zum Rechthaben zu missbrauchen.
In der Diskussion geht es nun hin und her. Am Ende stehen alle mit der gleichen Überzeugung wieder auf, mit der sie in die Talkshow gegangen waren. Alle sehen äußerst zufrieden aus. Schließlich haben sie es geschickt verstanden Recht zu behalten. Die Fachleute im Hintergrund haben saubere Arbeit geleistet! (Wenn auch kein einziges Problem gelöst wurde und es in absehbarer Zeit auch nicht wird).
**Rechthaben lässt niemals einen Zugewinn zu.** Alle gehen genauso arm aus der Diskussion heraus, wie sie hineingegangen sind.
Leider ist das Rechthaben, genau wie das Informationen sammeln, oder der Versuch den Mangel zu beseitigen, mit der Zeit zu einer Sucht geworden. Sie wissen schon: Wenn sie alkoholsüchtig sind, ist Alkohol zu ihrer

Lebensmitte, ihrem Lebensinhalt geworden und genauso ist es mit dem Informationensammeln und dem Rechthaben und dem Mangelautomatismus. Es wird zu unserer Lebensmitte, zum Lebenszweck.

Ohne Informationen, **ohne Recht zu haben,** fühlen wir uns verloren und der Welt schutzlos ausgeliefert.

Doch genauso wie Alkohol den Blick für das **was ist** vernebelt - (wir verbrauchen mit einer unglaublichen Geschwindigkeit die Zukunft unserer Kinder und Kindeskinder) - **verlieren wir durch Informationen sammeln und Recht haben, sowie den Versuch den Mangel zu beseitigen, den Blick für das was wirklich zählt**.

Der Alkoholiker glaubt ohne Alkohol nicht leben zu können, obwohl es ja gerade der Alkohol ist, der ihm das Leben nimmt.

Und ganz ähnlich ist es bei uns. Wir glauben ohne Informationen und Rechthaben nicht überleben zu können, wir glauben auch unser Mangelgefühl eines Tages befriedigen zu können, und dabei ist es die Sucht und Jagd nach diesen Dingen, was uns letztendlich vom **Leben (das was ist)** fernhält.

Wir verbringen eine Unmenge Zeit damit uns zu informieren (hören sie übrigens wie gerade eine Stimme in ihnen gesagt hat, dass man das in der heutigen Zeit ja wohl müsse, um überleben zu können?) Und danach sind wir mit Recht haben beschäftigt, das so wichtig werden kann, dass wir sogar bereit sind andere Länder zu überfallen, genauso wie ein Alkoholabhängiger eine Tankstelle überfällt.

Sucht ist Sucht und verändert die Sichtweise meistens eben nicht hin zur Objektivität. (Auch andere Länder überfallen löst unsere Rohstoffknappheit auf die Dauer nicht! Und mit Rechthaben werden wir auch keinen Klimakollaps verhindern!)."

Zusammenfassung:
„Es ist die Angst vor dem Tod die uns den Mangel (**zu wenig** Geld, **zu wenig** Liebe, **zu wenig** Sicherheit, **zu wenig** Leben, **zu wenig** Gesundheit, **zu wenig** Schönheit,...) empfinden lässt, was wiederum eine (Wettbewerbs)Gesellschaft erschaffen hat, in der wir, wie die Verrückten versuchen „stärker, besser, schneller, klüger zu sein als... (um noch **mehr** Geld zu bekommen, noch **mehr** Liebe – **mehr** Sex - noch **mehr** Leben, noch **mehr** Gesundheit, noch **mehr** Schönheit, noch **mehr** Vergnügen usw.
**Da dieses Mangelgefühl, wie wir in der Zwischenzeit wissen, jedoch nie zu befriedigen ist,** gleichen wir Hamstern, die in ihren Rädern (Mangelrädern) rennen und rennen, ohne je irgendwo anzukommen und ohne je die Probleme gelöst zu haben, wenn wir eines Tages vor dem leeren Futternapf stehen.

In der Pause.
Josef: „Hast du Nietzsches „Also sprach Zarathustra" gelesen?"
Ich: „Ja."
Josef: „Erinnerst du dich an die Stelle wo er sagt: „Einst war der Frevel an Gott der größte Frevel, aber Gott starb und damit auch diese Frevelhaften. An der Erde zu freveln ist jetzt das Furchtbarste…"
Claudia: „Ja und ein paar Seiten weiter:" (Sie zitiert). „Es ist an der Zeit dass der Mensch sich sein Ziel stecke. Es ist an der Zeit dass der Mensch den Keim seiner höchsten Hoffnung pflanze. Noch ist sein Boden dazu reich genug. Aber dieser Boden wird einst arm und zahm sein, und kein hoher Baum wird aus ihm wachsen können."
Ich: „Ja, noch können wir die Entwicklung aufhalten, noch haben wir genug Rohstoffe, um damit eine gesicherte Zukunft erbauen zu können."
Josef: „Allerdings warnt er auch Diejenigen, die das versuchen wollen: „Siehe die Gläubigen aller Glauben. Wen hassen sie am meisten? Den, der zerbricht ihre Tafeln der Werte, den Brecher, den Verbrecher - der aber ist der Schaffende."
Claudia: „Diejenigen die am Meisten von diesem System profitieren (62 Superreiche - werden lt. Huffington Post) alle, die es zu verändern versuchen bekämpfen."
Josef: „Obwohl das ja auch in ihrem Interesse, zumindest aber im Interesse ihrer Nachfahren liegen würde, dass sich etwas ändert!"
Ich: **„Aber heute scheinen alle nur noch nach kurzfristigen Perspektiven zu handeln** und riskieren damit die Zukunft derjenigen, die sie angeblich lieben!"

Claudia: „Das kommt mir manchmal so vor wie in dem Film Terminator. Die (Verstandes)Maschinen versuchen die Menschheit zu versklaven!"
Josef: „Guter Film. Hast du dir mal die Erde angeschaut, die von diesen Maschinenmenschen geschaffen wurde?"
Ich: „Wahrlich kein lebenswerter Ort!"
Claudia: „Und glücklich sehen diese Maschinen auch nicht aus!"
Josef: „Nietzsche schreibt noch weiter: „Gefährten sucht der Schaffende und nicht Leichname und auch nicht Herden und Gläubige. Die Mitschaffenden sucht der Schaffende, die, welche neue Werte auf neue Tafeln schreiben."
Claudia: „Suchen wir also Gefährten, die neue Werte auf die Tafeln schreiben!"
Ich: „Und diese neuen Werte können nicht Konsum- oder Spaßgesellschaft, oder der sinnlose Verbrauch der letzten Rohstoffe heißen, denn das funktioniert nur noch sehr kurze Zeit. Die neuen Werte dürfen durchaus etwas mit so Idealen zu tun haben als da wären: Den Planeten zu retten, unsere Rohstoffe und das Klima zu bewahren, damit unsere Enkel nicht vor einer ausgeplünderten, von Unwettern heimgesuchten Welt leben müssen. Den Hungertod zu beseitigen, miteinander statt gegeneinander zu leben, neben den materiellen Vergnügungen auch wieder geistige Inhalte wertzuschätzen."
Josef: „Doch dafür müssten die sogenannten Gläubigen, die Automatismus- oder Automatenmenschen mit ihren alten Gewohnheiten und Glaubenssätzen brechen, sozusagen zum (Ver)Brecher an ihnen werden um diese neuen Werte auf die Tafeln schreiben zu können. Sie

müssten Übermenschen werden, das heißt, sich **über ihre Automatismen, über ihren Verstand erheben.** Sie müssten entdecken, dass sie nicht ihr Verstand sind, sondern dass der Verstand nur ein Organsystem ist, das verschiedene Mechanismen enthält, mit denen wir früher gut überleben konnten, die wir aber jetzt beherrschen lernen, oder aber abschalten lernen sollten."
Claudia: „Wir müssen mit dieser Art zu leben brechen. **Wir müssen aus unserer Bewusstlosigkeit erwachen.**"


Oktober 89, Charlotte.

„Charlotte-bohrt-Löcher-in-die-Haut", schläft.
Ihr Kopf berührt leicht meine Schulter und sie hat sich zusammengerollt, die Hände zwischen ihren Schenkeln. Sie ist klein und drahtig und wild und fordernd. Sie will erobert und besiegt werden und schenkt als Belohnung sich selbst, immer wieder, so dass es einem den Atem nimmt.
Ich ziehe die Decke nach oben, damit sie nicht friert. Ich kenne sie nicht, ich kenne nur ihre Rolle: Charlotte die Therapeutin, die unterzuckert, immer wieder auf der Jagd nach ihren Erinnerungen ist.
Durch das geöffnete Fenster höre ich Schritte auf dem Kopfsteinpflaster, Stimmen die sich in dieser kleinen Häuserschlucht seltsam brechen. Ich schaue durch den

Spalt der leise wehenden, blauen, durchsichtigen Vorhänge. Fenster, Fachwerk, Mittelalter. Charlotte wohnt in der Innenstadt die über 1400 Jahre alt ist. In der Ferne bimmelt eine Straßenbahn und aus dem nahen Biergarten dringt Vogelgezwitscher an mein Ohr. Ich wünsche mir, dass dieser Augenblick ewig währt. Ich weiß, dass ich im Himmel bin.



14. Januar 2004. (15 Jahre nach 1989).

„Natürlich können wir den Mangel und die damit verbundenen Mechanismen (Rolle, Rechthaben, Informationen sammeln, um meine subjektiven Meinungen, Ansichten und Einstellungen als richtig dastehen zu lassen), nicht einfach ausschalten, aber wir können lernen, für sie die Verantwortung zu übernehmen und damit umzugehen.
Was uns bisher und auch weiterhin an der Art Leben festhält, die wir kennen, sind also nur einige wenige Automatismen unseres Verstandes, **fünf wirklich simple, leicht zu identifizierende Mechanismen:**

- Zu wenig (Mangelbewusstsein)
- Die Rolle
- Informationssucht
- Das Rechthaben
- Das automatische Bilden von Meinungen, Ansichten und Glaubenssätzen, um diese Meinungen zu stützen.

Kaum zu glauben, dass diese fünf Mechanismen die Menschheit auslöschen können und werden, wenn wir sie nicht endlich als das betrachten was sie sind: **Automatismen, die wir beherrschen können!"**

Oktober 89. Charlotte.

Charlotte erwacht. In ihren reglosen Körper kommt Bewegung. So, als sei ihr Geist soeben von weit her zurückgekehrt. Sie seufzt, tastet sich über meine Hüfte zu meiner Brust und meinem Gesicht. Dort bleibt ihre kleine, energische Hand auf meiner Wange liegen. Charlotte schaut mich an. Hellblaue Augen mit pechschwarzen Pupillen. Mit einer einzigen Bewegung rollt sie sich auf mich und zieht die Bettdecke zwischen uns zur Seite. Ihre nackte Haut ist heiß von Schlaf und Lust. Sie schaut mich an, als sie mich aufnimmt. Sie schaut mich an, als ihre Brüste hart, auf mir Hitzespuren graben. Sie schaut mich an, als wir gleichzeitig kommen, ohne Eile, langsam, wie zwei Blätter dem Boden entgegen torkelnd, und ich erkenne sie und sie mich.

14. Januar 2004. Nachmittag. (15 Jahre nach 1989).

„Es ist eine Herausforderung unser bisheriges Leben komplett auf den Kopf zu stellen. Wir haben ja keine Ahnung wie das funktionieren soll. Tagtäglich hat uns die Werbung und danach unser Umfeld, *diese* Art von Leben vor Augen geführt, so dass wir gar nichts anderes mehr kennen. (Und auch nicht mehr kennen lernen werden, wenn wir es uns nicht abgewöhnen auf diese faszinierenden Scheiben – Bildschirme, TV, Computer, Handys – zu starren, statt in die reale Welt zu blicken!) Jeder Jugendliche steht morgens auf und liest zuerst einmal seine SMS. Die Belohnung für das Drücken des Mailboxbuttons sind die Nachrichten seiner Freunde. Dann drückt er auf den Communitybuttons und zur Belohnung geht ein weiteres Fenster auf (schön gestaltet) und weitere Kontakte sind verfügbar. Das Drücken weiterer Buttons belohnt uns mit Musik, mit Filmen, mit Nachrichten. Tue ich das alles dann auch noch auf einem technisch höheren Niveau als mein Gegenüber, werde ich beneidet, oder akzeptiert.
Bis ich in der Schule bin, ist die Anzahl meiner Belohnungen auf etwa 50 angestiegen.
Und da wundern sich Eltern (nur wenn sie selbst nicht dazu erzogen wurden Handys zu benutzen), warum ihr Nachwuchs einen derartigen Aufstand macht, wenn man ihm das Handy abnimmt. Man nimmt ihm eben nicht nur das Handy ab, sondern auch 50 Mal belohnt zu werden und da wir von diesen Belohnungen sehr schnell abhängig werden, ist das, als ob sie einem Alkoholiker sein morgendliches Bier wegnehmen würden.
Vielleicht ist es zu einseitig von einer verführten,

abhängigen Jugend ohne eigenen Gestaltungswillen, der über die persönlichen Lebensumstände hinaus geht zu sprechen, aber ich befürchte, dass wir von dieser Seite her wirklich nicht viel zu erwarten haben.
Das „moderne Leben" findet immer mehr vor flachen Glasscheiben in der Wohnung statt, auf denen uns erzählt wird, wie die Welt auszusehen hat, was den Wert einer Person ausmacht, wonach wir streben sollen (nach noch mehr) und die uns die eigene Identitätsfindung abnehmen, indem sie uns auf ein Auto, ein Phone oder aber Reichtum reduzieren.

Autos verschaffen uns „Freiheit, Unabhängigkeit (bis zur nächsten Tankstelle), ein cooles Handy Respekt bei meinem Freunden, ein Traumurlaub, oder eine Auslandsreise die Bewunderung meiner Umgebung. Natürlich könnte man sich fragen was bitte ein Blechhaufen, oder Elektronikschrott mit meinem Selbstwert, oder aber mit mir zu tun haben sollen und was bitte schön passiert, wenn in nicht allzu ferner Zukunft diese **Persönlichkeitsprothesen** nicht mehr herstellbar sind?

>
> Eines Tages
> wenn der Strom ausfällt
> oder kein Geld mehr da ist
> für all die blinkenden Apparate
> werden sie erwachen
> und dann
> Gnade uns Gott!
>
> *(Arno Meier)*

Ganz abgesehen davon bedeutet jeder Blick auf eine dieser Scheiben, ein Blick weg von der Natur.
Diese Natur ist es jedoch die uns ernährt und am Leben erhält und wenn wir ihr nicht genügend Aufmerksamkeit schenken, wird sie sich uns unangenehm ins Bewusstsein drängen. (Unwetter, Katastrophen, Überschwemmungen, Dürren, Taifune Wirbelstürme und das Klima erhitzt sich viel schneller, als wir bisher angenommen haben).
50 % der jetzt noch lebenden Arten werden in 40 Jahren von der Erde unwiderruflich verschwunden sein, weil sie keinen natürlichen Lebensraum mehr haben. (Überbevölkerung).
(Opa, hast du noch Tiger gesehen?).
Dabei ist noch gar nicht berücksichtigt, dass wir auch wirtschaftlich gesehen in eine Katastrophe steuern.
Die Voraussetzungen die 1929 zu einer Weltwirtschaftskrise geführt hatten sind alle wieder da: Die Aufhebung des Trennbankensystems, die Vermögensanhäufung auf wenige Personen (3 % der Bevölkerung besitzen in den USA 80 % des Landesvermögens. Unkontrollierte Spekulationen, die Überschuldung der Staatshaushalte), alles wie es schon einmal war und fürchterlich schief gegangen ist.
Die freie Marktwirtschaft und der Kapitalismus wurden von uns als einzig heilsbringende Ideologie angesehen, nachdem der Marxismus und danach der Sozialismus und der Kommunismus, derart gescheitert waren.
Und jetzt? Das war es also auch nicht?
Lassen sie uns zum Horizont marschieren, um zu sehen, was es für Alternativen gibt!
Hinterm Horizont? Ja was ist da eigentlich? Wenn ich

hier mal Pestalozzi zitieren darf: „Wo kämen wir hin, wenn niemand ginge, um zu schauen wohin wir kämen *wenn* wir gingen..."
Zitat: „Wer sich eine andere Zukunft als die Gegenwart nicht vorstellen kann, hat keine Zukunft mehr!"
Zitat (mit kleinen Abänderungen): **Wer sich nicht vorstellen kann etwas anderes zu tun, der wird es auch nicht tun!**

Es warten also große Aufgaben auf uns kleinen Leute. Es gilt unsere wunderschöne Erde und damit uns selbst, unsere Kinder und Kindeskinder zu retten, statt darüber nachzudenken, wohin wir uns verziehen sollen, wenn das hier gescheitert ist! (Was die Wissenschaftler der NASA tun, wenn sie über die Besiedelung des Mars nachdenken).
Es warten große Fragen auf uns. Jawohl, **unsere Phantasie, die Phantasie der kleinen Leute ist gefragt.** Unsere Vorstellung, wie die Welt von morgen aussehen soll. Wir alleine sind es, die diese Vorstellungen entwickeln und ihnen politisches Gehör verschaffen können. Sie brauchen nicht einmal Batman oder Superman, oder Spiderman oder Catwoman zu sein, um den Planeten zu retten. Sie brauchen nicht einmal besonders intelligent zu sein, aber einen gesunden Menschenverstand sollten sie besitzen, um einen kurzen Blick über den Brunnenrand hinaus riskieren zu können.
Tun sie etwas! Warten sie bitte damit nicht darauf, dass die Politik, oder große Teile der Wirtschaft von selbst darauf kommen! Unsere Politiker und Wirtschaftsführer glauben an den Mangel, sie glauben sie seien ihr

Verstand und sind mit Mangelbeseitigung (hohe Diäten, Aufsichtsratsposten, Macht, Einfluss, Krieg, Terrorbekämpfung, Wirtschaftskrisenbeseitigung) derart beschäftigt, dass ihnen noch nicht einmal aufgefallen ist, wie dünn der Ast in der Zwischenzeit geworden ist, auf dem wir alle sitzen und doch gleichzeitig so eifrig daran herum sägen. Das Spiel „besser, schneller, klüger und stärker als…" hat sie alle gefangen genommen.
Politiker sind keine Visionäre, sie sind noch nicht einmal gute Buchhalter (es sei denn es geht um die eigenen Finanzen).
Nach Willy Brandt, oder Helmuth Kohl hat es in der deutschen Politik nur noch unscheinbare, durchsichtige Verwalter
gegeben, die nicht einmal in der Lage waren, die ehemals gut durchdachte **Idee Europa** (bei der es ursprünglich keine Schuldenunion und fehlende Selbstverantwortung gegeben hat) einfach nur fortzuführen. Was hätte aus Europa werden können, wenn Länder wie Deutschland und Frankreich darauf verzichtet hätten, die ehemals guten Regelungen immer mehr auszuhöhlen! **Was für eine historische Chance ist hier vertan worden!**
(Nach Kohl? - Immerhin haben Schröder und Fischer noch den Atomausstieg in die Wege geleitet und den Begriff „Energiewende" salonfähig gemacht und dann war nichts mehr!)
Warten wir also lieber nicht darauf von dieser Seite her Hilfe zu bekommen. **Wir** müssen diese Vorstellungen einer nachhaltigen Zukunft entwerfen und **wir** müssen dieser Zukunft eine Mehrheit verschaffen, denn **wir** lieben unsere Kinder!!

Dieser Schnitt ist möglich. **Es ist möglich auf Dauer zu überleben,** wenn wir beginnen unser geistiges Potential nicht mehr für Wachstum und Konsum zu vergeuden, sondern gemeinsam über ein lebenswertes Leben für uns und viele Generationen nach uns nachzudenken. Hören sie einfach auf die Welt durch *künstliche Fenster* zu betrachten und sehen sie unsere Erde an, den vielleicht wunderbarsten Ort im Universum. Dieser Ort braucht unsere Hilfe!


In der Pause:
Josef: „Schon wieder Nietzsche."
Ich: „Den du ja offensichtlich gerade liest."
Josef: „Genau."
Ich: (seufzend). „ Also gut, lass hören."
Claudia: (unterbricht). „Da fällt mir auch der schöne Satz ein: Früher war der Staat für uns da, heute sind wir für den Staat da."
Josef: (zitiert weiter. Nietzsche). „Seht mir doch diese Überflüssigen! Reichtum erwerben sie und werden ärmer damit. Macht wollen sie und zuerst das Brecheisen der Macht, viel Geld – diese Unvermögenden!"

Oktober 89, Charlotte

Charlotte liegt in meinen Armen. Wir reden nicht, atmen den Duft unserer Haut und spüren nur Wärme und Zufriedenheit. Sie hebt den Kopf und schaut mich an.
„Das war schön Rudi", sagt sie mit einem verschmitzten Lächeln und ich weiß, dass sie nun wieder Dr. Charlotte Wallace ist und ich bin Dr. Stuart Framingham.
„Ich bin nicht Rudi", antworte ich.
„Oh natürlich nicht", sagt Charlotte.
„Ich bin…"
„Sag nichts", unterbricht sie mich. "Mein Gebein ist wirklich…", sie stutzt. „Hab ich Gebein gesagt?"
Ich nicke.
„Ich meine natürlich nicht Gebein, sondern Zeppelin – nein, das Wort ist es auch nicht. Vielleicht Tischlampe, Stuhlbein, Trenchcoat?"
„Gedächtnis", schlage ich vor.
Charlotte strahlt. „Genau", sagt sie. „Gedächtnis ist das richtige Wort!", und unvermittelt: „Ich muss etwas essen, mein Blutzucker!"
Dr. Charlotte Wallace springt auf und geht in die Küche, die von ihrem Wohnschlafzimmer nur durch einen blauen, schweren Vorhang getrennt ist. "Haben wir – ich meine…", höre ich ihre Stimme zwischen dem Geklapper von Geschirr und dem Röcheln der Kaffeemaschine.
„Ja."
„Ich denke, dass es gut gewesen sein muss, so entspannt wie ich mich fühle!"
„Es war gut Schätzchen, sogar sehr gut!"
„Ich erinnere mich nicht. Ich muss etwas essen, dann fällt es mir wieder ein!"

Ich liege in Charlottes Bett und begreife, dass eine Rolle und gesprochene Worte eine wirkliche Begegnung unmöglich machen. Wie gerne hätte ich den Zauber dieser Nacht noch festgehalten, aber er ist unwiderruflich vorbei.
Wir sitzen an Charlottes Tisch und frühstücken. Kaffee, Toast, Marmelade. Dr. Wallace strahlt. Sie hat das T-Shirt wieder an und die Turnhosen. Die Beine angewinkelt und mit beiden Händen umschlungen. „Jetzt weiß ich's wieder", sagt sie zärtlich. „Du bist Stuart!"
Ich nicke.
„Und du kommst zu schnell!"
„Wie zu schnell?", entgegne ich entrüstet. „Das ist volle Absicht, Schätzchen. Wir leben in einer hektischen Zeit, da kann man sich nicht so lange bei einer Sache aufhalten. Business, verstehst du?"
„Egal Stui", antwortet Charlotte. „So lange ich mich hinterher so gut fühle…"
„Ich bin nicht zu schnell!" (betont).
Charlotte lächelt mich verständnisvoll an.

15. Januar 2004. Nachmittag. (15 Jahre nach 1989).

Ich bin Schauspieler.
Das unbewusste Spielen unserer Rolle, die **ohne Bewusstsein** zusammengestellten Ansichten, Meinungen und Glaubenssätze, das Informationen sammeln und Rechthaben, das stärker, besser, schneller, klüger sein müssen als…, führen zu einem beinahe ausbruchsicherem Gefängnis – der Gewohnheit!
**Gewohnheit,** gibt uns **Sicherheit.**
**Gleiches Denken, gleiches Tun, gleiche Ergebnisse.**
**Maschinen eben!**
Dafür ändert sich dann aber auch **mit Sicherheit** nichts mehr in unserem Leben!
Sie erinnern sich an Epikur, der behauptet hat, dass die ganzen Bestrebungen und Bemühungen des Menschen aus Angst vor dem Tod geschehen. Oder anders ausgedrückt: Alle Bestrebungen der Menschen laufen auf den Wunsch hinaus, das Entsetzen vor der eigenen Sterblichkeit zu betäuben, oder zu vergessen. Und das finde ich sehr verständlich, denn was gibt es Schlimmeres als über seine eigene, unvermeidliche Vernichtung nachzudenken?
Shakespeare: „Würmerfraß, wir alle sind nur Würmerfraß!"
Wir verstecken uns also unser ganzes Leben lang hinter Maschinen (Verstand) und Automatismen, die uns Sicherheit durch Gewohnheit vorspiegeln.
Gewohnheit **gibt** uns ein Gefühl der Sicherheit, Gewohnheit lässt uns aber immer gleich handeln und gleich sein und das bedeutet auch, dass wir auf geänderte Verhältnisse immer wie gewohnt reagieren,

was uns sehr oft nicht besonders gut bekommt!
Wir sind nicht mehr im Urwald, wir brauchen nicht mehr *jede* Information um überleben zu können. Wir sterben nicht sofort, wenn auch einmal ein Anderer Recht hat. Wir können in neuen Situationen auch einmal neue Verhaltensmuster ausprobieren und müssen uns nicht zwanghaft auf die früher erprobten, gewohnten Reaktionen verlassen. Wir brauchen den Mangelautomatismus nicht mehr, der uns das Überleben vor anderen Stämmen garantiert hat, im Gegenteil, dieser Mangelautomatismus bringt uns in der modernen Gesellschaft eher um!
Gewohntes Verhalten bedeutet also „Urwaldverhalten", wo es mit Sicherheit noch immer sehr erfolgreich wäre. So aber ruft ausgerechnet die Gewohnheit (die uns damals so nützlich war) in der Zivilisation genau das hervor, was wir eigentlich vermeiden wollten, nämlich unseren eigenen Untergang.
**Wir haben als Menschheit die Wahl**: Weiter zu leben wie bisher und nach Sicherheit zu streben - und uns vielleicht sogar sicher zu fühlen (welche Wohltat!), aber - dadurch den Planeten zu vernichten und unseren Kindern die Zukunft zu stehlen - *oder aber die Angst auszuhalten, eine Weile auf Sicherheit zu verzichten und alles zu verändern, neu zu gestalten, so dass wir noch lange, oder sogar auf Dauer, ein gutes und dann wirklich sicheres Leben führen können.*
Plötzlich hätte unser Leben auch einen Sinn! **Unsere Existenz (Ihre und meine) wäre notwendig gewesen, um den Planeten zu retten!** Hätte es uns nicht gegeben, wäre alles viel schlimmer gekommen. Wären wir nicht gewesen, würde unser kleiner Enkel jetzt nicht im Garten,

sondern auf einer Schutthalde spielen, oder müsste sich davor fürchten, aus seinem Hochsicherheitstrakt entführt zu werden. (Denken sie an Südamerika).
**Würde es sich nicht lohnen dafür zu leben?**

„Papa, habt ihr denn nicht gewusst was auf uns zukommt?"
„Doch mein Kind."
„Papa, warum habt ihr dann nichts getan?"

In der Natur gibt es den Begriff „Anpassung". Lebensformen die sich nicht „anpassen" können, verschwinden einfach von der Erdoberfläche.
Uns wird das gleiche Schicksal ereilen, wenn wir uns nicht an die **veränderten Bedingungen** unserer Welt „anpassen."
(Klimakatastrophe, endliche Rohstoffe, Finanzkrise, Überbevölkerung).
Da hilft es auch nicht, dass wir uns noch eine Weile in unserem „alten, gewohnten" Leben sicher fühlen können.
**Wir müssen uns anpassen wenn wir überleben wollen!**

Oktober 89

„Was findest du bloß an der?", fragt Prudence, als die Anderen während der Probe hinausgegangen waren um zu Rauchen.
„Ich liebe sie", sage ich.
Prudence schnaubt verächtlich. „Als ob Männer den Unterschied zwischen Begehren und Liebe kennen würden!"
Sie steht vor mir und ist ziemlich wütend. Zwei Köpfe größer als ich mit eleganten, italienischen Schuhen. Sie war mit Bruce in Mailand. Niemand geht nach Mailand ohne sich Schuhe zu kaufen, jedenfalls keine Frau. Sie trägt also diese wunderschönen italienischen Schuhe und schaut auf mich herab. „Weißt du was ich denke?", fragt Prudence.
„Nein."
„Ich denke", sagt Prudence, wobei sie jedes Wort in die Länge zieht, „ich denke, dass du nicht damit fertig wirst, dass dich deine Frau verlassen und die Kinder mitgenommen hat und dass du jede Gelegenheit nutzt, um nicht allein zu sein!"
Das tut weh und Prudence weiß das. Ihr gewaltiger Busen hebt und senkt sich schnell genau vor meinen Augen. Ich muss nach oben schauen, wenn ich ihr Gesicht sehen will. Prudence trägt ein leichtes, dezent, an der Hüfte, von einem goldenen Gürtel zusammengehaltenes, dunkelblaues Rohseidenkleid, das sich duftend auf ihre makellose Figur legt, als sei es eine zweite Haut. Wenn sie atmet ist der Stoff wie eine leichte Berührung, der eine feine Wolke teuren Parfüms atmet.
„Sieh mir ins Gesicht!", faucht Prudence. „Das ist genau

das, was ich meine, Männer sind doch alle gleich!"
Schuldbewusst sehe ich wieder nach oben in ihre wunderschönen, blauen Bergseeaugen.
Wir stehen in der kleinen Garderobe in der es einen hellen Bereich mit goldumrahmten, großen Spiegeln gibt, die mit kleinen Birnen rundherum ausgeleuchtet werden und es gibt einen dunklen Bereich, in dem all die Kleider wie abgelegte Hüllen hängen. Für den Einen zu groß, für den Anderen zu bunt und wieder Anderen passt sie, wie eine zweite Haut. Aber es sind Hüllen, nicht mehr.
„Woran denkst du?"
Ich sage es ihr.
Da legt sie mir ihre zarten, feingliedrigen Hände auf die Schultern und schüttelt traurig den Kopf.
„Siehst du, das meine ich", sagt Prudence.
„Was meinst du?"
„Dass du nichts verstehst!"
„Was soll ich verstehen?"
Da zieht mich Prudence an sich und durch die raue Seide spüre ich alles: Ihre Brüste, ihren Bauch, die Oberschenkel und ihre Wange die sich an meinen Scheitel schmiegt. Ihre Hände, die sich wie zwei Flügel sanft um meinen Hinterkopf legen und dann meinen Nacken streicheln. Prudence stößt mich weg.
„Mach das nie wieder", sagt sie, dreht sich um und geht.
Ich bleibe ratlos und mit zitternden Knien an der Grenze zwischen hell und dunkel stehen.

**Eckeharts Vortrag: Angstautomatismus. Programm Nummer 5.**

„Das ist nicht einfach, denn sobald wir auch nur eine unserer Gewohnheiten ändern, bezahlen wir das mit Angst, da diese neue Verhaltensweise *ungewohnt*, noch nicht erprobt und damit für unseren Verstand **nicht sicher** ist.
Verstehen sie, meine Damen und Herren, diese Maschine, die eigentlich dazu da ist, unser Leben, unser **Überleben** zu sichern, verhindert durch seine zu kurzfristigen Zielsetzungen (Sicherheit, Wohlstand usw.) genau das.
Weichen wir von diesem Plan ab, bestraft uns unser Verstand mit seiner stärksten Waffe, die ihm zur Verfügung steht - der Angst!
Das gilt sogar für positive Veränderungen.
Nehmen wir einmal an, sie seien auf der Suche nach einer neuen Arbeit. Endlich werden sie zu einem Bewerbungsgespräch eingeladen. Sie bekommen die Stelle, sie erhalten das doppelte Gehalt. Sie fangen morgen an, *sie haben Angst.*
**Angst ist also der Preis, mit dem wir Veränderungen bezahlen müssen.**
Und somit sind **Angst und Gewohnheit** weitere Hüter, oder
**d i e Hüter unseres alten, gewohnten Lebens.**
Solange wir vor dem Drachen der Angst **davon laufen**, oder Angst zu **vermeiden** suchen, ändert sich „mit Sicherheit" nichts in unserem Leben. Es verläuft dann wie immer, so wie wir es eben *gewohnt* sind und wir fühlen uns geborgen, wie in Mutters Schoß, bis die Katastrophe

über uns hereinbricht!
Veränderung und die Anpassung an veränderte Lebensumstände, geschieht nur, wenn wir unser *gewohntes* Leben verlassen, etwas Neues anfangen **und die Angst auszuhalten bereit sind, die dann unweigerlich entsteht.**

Stattdessen träumen wir alle davon, dass sich unser Leben auf wundersame Weise verändert, **ohne dass wir uns oder unsere Gewohnheiten ändern müssten, oder uns gar fürchten.**

Unser Planet kühlt sich von selbst ab, ja wir bekommen sogar eine Eiszeit. Ein Asteroid wird ganz sanft ins Meer fallen und so viel Rohstoffe enthalten, dass es für alle Zeiten reicht. Unser Traumprinz kommt und rettet uns, wir lernen die Traumfrau kennen und alle Probleme sind gelöst, wir finden eine neue Stelle und bekommen das Doppelte an Gehalt und vieles mehr..."
**Wir hoffen auf Veränderung zum Guten, wollen aber gleichzeitig, dass alles beim Alten bleibt und wir somit dem Drachen der Angst nicht begegnen müssen."**
Eckehart schaut sich um.
„**Gleiches Denken, gleiches Handeln, gleiche Ergebnisse. Ganz einfach, oder?**

Trotzdem glauben die Meisten von uns immer weiter daran, dass wir ein anderes Leben bekommen können ohne **uns** zu verändern.
Das wäre natürlich schön, das wäre toll, ein neues Leben **ohne** etwas **verändern** zu müssen. (Etwa durch einen

Lottogewinn?)
Kein Aufgeben unserer Gewohnheiten, keine Veränderungen, keine Angst und trotzdem ein neues Leben! Das worauf wir eigentlich alle warten.
Ihre Kinder und Kindeskinder werden diesen (Lotto)Reichtum bereits mit Stacheldraht, Gewalt und Leibwächtern verteidigen müssen, da die arbeitslosen Jugendlichen, Einwanderer überfluteter Länder, oder Einwanderer, die vor einer erbarmungslosen Dürre geflohen sind, es einfach nicht hinnehmen werden, dass es ihnen so gut geht, während sie selbst für sich und ihre Kinder nichts mehr zum Leben haben. Schon jetzt landen in der EU jeden Tag hunderte Boatpeople an den Küsten Italiens und Spaniens und das werden mehr. Die Bevölkerung ganzer Kontinente werden durch die Klimakatastrophe oder Kriege bei uns einfallen. Denken sie auch an das Leben in Südamerika, wo es quasi nur noch eine Zweiklassengesellschaft gibt!"

Eckehart seufzt.
„Trotzdem glauben sie auch nach dem heutigen Tag weiter, dass, wenn sie diesen Lottogewinn bekommen, (drastische Verbesserung ihrer bisherigen Umstände, ohne die Angst der Veränderung aushalten zu müssen), dann..., ja dann wären sie glücklich, sorgenfrei, könnten endlich leben!"

Eckehart malt zwei Kreise auf die Tafel.
„**Wenn** ich erst wieder Arbeit hätte, **wenn** ich einen anderen Job hätte, **wenn** nur diese eine Kollegin nicht wäre, **wenn** ich heute meine Traumfrau finden würde, **wenn** ich endlich Urlaub hätte..., dann wäre meine Leben

in Ordnung!"
Eckehart schreibt in den einen Kreis: **„Wenn Dann"**.
„**Wenn** ich nur nicht so alleine wäre, **wenn** ich endlich genug Boni verdient habe, um auch im Alter ein schönes Leben zu haben, mir die besten Ärzte leisten könnte, eine gesicherte Zukunft, **wenn** meine Kinder endlich aus der Pubertät heraus wären...., **wenn** dann, **wenn** dann."

Eckhart schreibt in den anderen Kreis: **Realwelt**.
*Wir bewohnen die „Wenn-Dann-Welt:"*
„Eines haben diese „Wenn-Dann-Aussagen" alle gemeinsam:
Nicht wir sind es, die uns in dieser Welt aus unserem Elend befreien können, es sind die Anderen (Politiker Unternehmensführer), oder das Eintreffen günstiger Umstände von außen, Glück, Zufall usw., die das bewirken können.
Der Ehemann, die Kollegin, die pubertierenden Kinder, der doofe Chef, die blöde Arbeitsstelle, zu wenig Urlaub, Gehalt und was weiß ich noch alles sind ebenfalls nichts, was wir beeinflussen könnten, wir sind die Opfer all dieser ungünstigen Umstände und nicht deren Macher!!
**Die Anderen und die äußeren Umstände sollen sich gefälligst verändern, damit es mir besser geht!**
Das heißt, dass die meisten von uns (in der Wenn-Dann-Welt) davon träumen *gerettet zu werden, statt sich selbst zu retten* und dass wir diese Rettung somit von **äußeren Umständen abhängig machen, die wir nicht, oder nur sehr schwer beeinflussen können.**
**Unser Leben soll sich verändern, ohne dass wir uns verändern – Angst aushalten - müssen! Die Anderen, das Leben sollen das tun!**

Natürlich nur zum Positiven!

Unser Glück hängt damit von allen möglichen Dingen ab, nur nicht von uns selbst. Wir sind die Opfer des Lebens und nicht dessen Gestalter!
„Wenn-Dann".
90 % der Menschen auf unserem Planeten leben in dieser „Wenn-Dann-Welt" und sind damit potentielle Opfer!
Eckehart malt in den linken Kreis der Tafel „Wenn-Dann".
90 % der Menschen auf diesem Planeten machen ihr Glück und Wohlergehen also von äußeren Umständen abhängig, die sie auf keinen Fall selbst unter Kontrolle haben, oder gar beeinflussen können. 90 % der Menschen warten darauf, dass sich ihr Leben verändert, ohne dass sie sich verändern müssen."
Eckehart schaut sich um.
„Dabei ist Glück oder Veränderung eine Frage des Entschlusses meine Damen und Herren und nicht eine Frage der äußeren Umstände.
Wenn wir jetzt nicht glücklich sein können, dann werden wir es nie sein. Wenn wir uns jetzt nicht verändern, wann dann? **Entschließen sie sich einfach glücklich zu sein und glauben sie daran.** (Wir glauben nicht was wir sehen, wir sehen was wir glauben!).
Vertagen sie ihr Wohlbefinden und die Rettung unserer Kinder und Kindeskinder nicht auf Morgen, verkriechen sie sich nicht in die „Wenn-Dann-Welt", in der es nur Opfer gibt.
Sagen sie: **„Ich bin jetzt glücklich! Warum? Weil ich das so will!"** und wenn sie sich selbst davon überzeugen können, werden sie trotz aller widriger

Umstände, die es zweifelsohne gibt, eben ein glücklicher Mensch sein, der ein paar Probleme zu lösen hat: (Klimaveränderung, Ressourcen schonen), der sich eventuell verändern, Angst aushalten muss, der aber trotzdem sein Leben gestaltet, statt es zu erleiden. **Ich bin jetzt glücklich,** ohne Wenn und Aber. Ich verändere mich **jetzt**, ich passe **jetzt** mein Leben den geänderten Umweltbedingungen an.
**Das ist das ganze Geheimnis des Glücks meine Damen und Herren, ein selbstgestaltetes, von uns selbst gewähltes, von uns für sinnvoll erachtetes Leben!**
**Werden sie vom Opfer zum Gestalter der Umstände! Bewohnen sie die Realwelt. Erkennen sie „was ist!"**

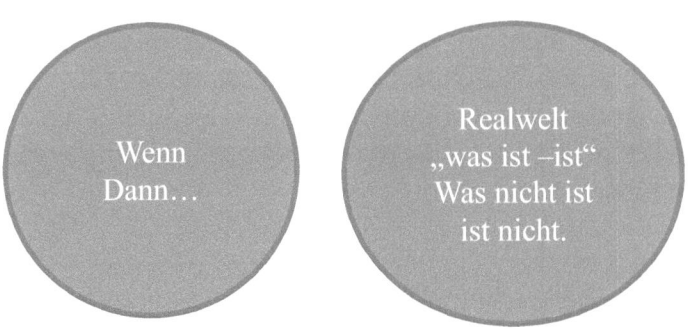

## Opfer oder Gestalter?

Oktober 89, Prudence

Regentropfen, kühl, frisch, fallen kreiselnd vom Himmel in die Pfützen.
Eine schmale Gasse mit Bastelladen, Tättowierstudio. Rechts eine italienische Boutique. Ein Absperrgitter, viereckig auf der Straße. Altbausanierung. Und dann das alte Rathaus. Gustav Struwe hat hier zur Revolution aufgerufen.
Spät abends. Es läutet und ich öffne. Prudence steht vor der Tür. „Ich möchte nicht reden", sagt sie. „Ich bin auch nicht hier. Ich bin ein Traum und nichts was jetzt passiert ist Wirklichkeit!"
Ihr schweres, blondes, seidenes Haar zu einer kunstvollen Frisur geflochten. Ein sanfter Duft, der sie wie ein feiner Frühlingsnebel umgibt. Meine Kälte und ihre Wärme, als sie sich zu mir herunter beugt und mich küsst. Noch heute kann ich diese Lippen auf den meinen fühlen.
„Ruf mich nicht an, sprich nicht mit mir. Wenn du morgen die Augen aufmachst, bin ich verschwunden!"
Ihre Berührungen lösen Wellen der Erregung aus. Wellen, die sich heiß ausbreiten und Löcher in meine verschlossene Seele fressen.
„Hast du verstanden?"
Ich nicke.
Und Prudence kommt herein und ich versinke, unrettbar verloren in ihr. Sie ist über mir, riesengroß im Licht des vollen Mondes, der das Bett bescheint.
Eine Hexe, oder ein Engel, der mich zum ersten Mal eins

werden lässt mit einem Menschen, einer Frau, meiner zweiten, nie gefundenen Hälfte.

Stunden später liegt sie auf mir, schwer, die Schenkel zusammen gepresst, so dass ich ihr nicht entgleiten kann. Ihre Wange an meiner und ihr Haar bedeckt mein Gesicht. Sie schläft.

16. Januar 2004. Ich bin ein Schauspieler. (15 Jahre nach 1989).

Perfektionismus und die Angst vor Fehlern, ist der nächste Schutzwall mit dem unser Verstand seine alten Verhaltensmuster und Informationen verteidigt, mit dem er uns in unserer Rolle weiter einmauert, in unserem alten Mustern festhält.
**Fehler waren** im Urwald **sicher tödlich** und sicher gibt es auch heute noch Situationen in denen wir Fehler besser vermeiden sollten. Aber andererseits, **in jeder Situation Fehler vermeiden zu wollen, ist genauso lebensfeindlich!**
Ein Perfektionist, der morgens aufsteht, den ganzen Tag keinen einzigen Fehler gemacht hat und sich abends wieder hinlegt, hätte auch gleich liegen bleiben können. Er hat nichts dazu gelernt, sondern nur das getan was er schon konnte. Er hat nichts Neues ausprobiert, hat seine Persönlichkeit, seine Fähigkeiten, um keinen Millimeter

erweitert und ist vor jeder Veränderung und allem Neuen davongelaufen.
Kein sehr mutiges Leben!
Allerdings geht er mit dem guten Gefühl schlafen, dass er das Leben beherrscht, dass er weiß, wie es funktioniert, dass er mit seiner Art zu leben Recht hat und dass ihm niemand etwas vormachen, es besser machen kann.
Das Leben bleibt überschaubar. **Heute ist** mit kleinen Abweichungen **wie morgen** und **das Morgen gleicht dem Gestern.**
Es ist leicht vorauszusagen, wie das Leben eines Perfektionisten in 20 Jahren sein wird. Sie brauchen sich nur seinen Lebenslauf anzusehen. Alles was sie darin entdecken, wird sich immer und immer wieder wiederholen.
Auch das Scheitern, meine Damen und Herren", sagt Eckehart.
„Alles was in diesem Lebenslauf an Katastrophen steht und die der Perfektionist mit seiner Perfektion zu vermeiden sucht, werden sich zwangsläufig wiederholen. Denn das Leben verändert sich und mit Veränderungen tut sich unser Perfektionist, wie wir schon wissen, ziemlich schwer!"
„Wer erfolgreich sein will, muss die Anzahl seiner Fehler verdoppeln, sagt der Gründer von IBM. Was er damit meint? Nun ganz einfach: Stehen sie morgens auf, versuchen sie Neues, scheitern sie, **lernen sie** wie es richtig geht und schon haben sie etwas dazu gewonnen, sich erweitert.
Je mehr Neues sie versuchen, desto mehr Fehler werden sie machen, desto mehr Gelegenheiten haben sie, dazu zu lernen und damit ihre eigene Person, die

Persönlichkeit zu erweitern und zu bereichern.
Nur durch Fehler werden sie reicher, fähiger, kompetenter. Nur Veränderungen versetzen sie in die Lage in dieser Welt neue, erfolgversprechende Pfade betreten zu können. Wer Fehler, Veränderungen und Neues meidet, – scheitert, **so wie unsere Zivilisation scheitern wird, wenn wir sie nicht neu gestalten und dabei bereit sind eine Menge Fehler zu machen!"**
Perfektionisten verschwinden genauso wie Tierarten, die sich nicht anpassen konnten."
Eckehart macht eine Pause.
„Etwas zu tun von dem ich von vornherein weiß, dass es ein Fehler ist, ist dumm. Etwas nicht zu tun, nur weil es ein Fehler sein könnte, ist noch viel dümmer!"



Oktober 89. Probe. „Trotz aller Therapie".

Was bisher geschah:
*Szene: Prudence und Bruce haben Kontaktanzeigen aufgegeben und treffen sich zum ersten Mal in einem Restaurant. Bruce erzählt ihr sofort von seinem Liebhaber und dass er sich von beiden Geschlechtern angezogen fühlt. Prudence ist irritiert, bleibt aber sitzen.*

Wir - das sind Charlotte, Bob und Andrew - stehen im Zuschauerraum.
„Ein schönes Paar", denke ich und meine damit

Prudence und Bruce. Sie, so, so blond, so germanisch und aufregend weiblich. Er, sportlich ein wenig zu weich, gut aussehend und in Prudence verliebt. Es ist heiß und schwül – noch immer.

Bruce: „In manchen Dingen bist du wie ein kleines Mädchen, in manchen bist du wie eine Frau."

*Es ist seltsam, wie Rollen und feste Abläufe Besitz von einem Menschen ergreifen. Zwei Rollen, die sich treffen, um zu vergleichen, ob sie zusammen, ihr altes, emotionales Zuhause, oder aber das genaue Gegenteil davon nachspielen können. Und das alles findet in einem Zustand statt, der „keine Wahl" heißt.*

Prudence: „In welchen Dingen bin ich wie eine Frau?"
Bruce: „Romantisch" (sucht nach Worten). „Du… du ziehst dich an wie eine Frau. Du trägst Lidschatten wie eine Frau."
Prudence: „Du bist wie ein Mann. Du bist groß. Du musst dich rasieren. Ich fühle, dass du mich beschützen könntest."
Bruce: „Ich bin tief gerührt. Ich möchte weinen."
Prudence: „Oh, das würde mir aber gar nicht gefallen."
Bruce: „Aber ich mag weinen!"
Prudence: „Ich glaube nicht dass Männer weinen sollten, außer es fällt was auf sie drauf!"

16. Januar 2004, 15 Jahre nach 1989. Eckehart.

Zusammenfassung:
Ein weiterer Mechanismus der uns in unserem alten Leben festhält, ist also die Angst vor Fehlern und das damit verbundene Streben nach Perfektion.
**Angst vor dem Tod, die Rolle, Mangel, Rechthaben, Informationssucht, Gewohnheit, Sicherheit, Glauben, Ansichten, Meinungen, Perfektion.**
All diese Programme dienen nur einem Zweck: Rechthaben, um dadurch den Tod zu vermeiden. Sie erinnern sich: Rechthaben bedeutete im Urwald **Überleben**.
In der modernen Gesellschaft ist **die Rolle, das Mangelbedürfnis, Ansichten, Meinungen, Perfektionsstreben, Informationen sammeln** zu einer Sucht geworden und verhindert, dass wir zur Ruhe kommen, um wirklich wichtige Veränderungen, privat und global in Angriff zu nehmen!
**Die Automatismen haben die Herrschaft über uns übernommen**, so dass wir in der Zwischenzeit sogar glauben, wir seien unser Verstand. Der Verstandesmensch, der Automatenmensch, die schreckliche Vision im Film „Der Terminator" ist Wirklichkeit geworden. (Und bald sieht unsere Welt auch so aus, wie in diesem Film!).
Ich weiß zwar nicht wie der Regisseur des Terminators 4 heißt, aber er hat in dieser letzten Folge eine geniale Vision entwickelt. **Die Maschine, die aussieht wie ein Mensch!"**
Eckehart lächelt.
„Wäre dieser Regisseur konsequent gewesen, dann hätte

dieser Maschinenmensch nicht plötzlich sein „Herz"
entdeckt, sondern das getan wofür er erschaffen wurde:
Nämlich die Menschheit vernichtet!"



Oktober 89, Prudence.

Ich erwache und bin allein. Nicht ganz, denn immerhin
hat Prudence den Duft, der sie wie ein feiner
Frühlingsnebel umgab, auf meinem Körper, in den Kissen
und Laken zurückgelassen.
Verschwunden, so wie sie es gesagt hat. „Ich bin ein
Traum und nichts von dem was jetzt passiert ist
Wirklichkeit!"
Ich schließe die Augen und Prudence liegt doch neben
mir. Sie atmet ruhig und gleichmäßig. Ihr wunderschönes
Gesicht halb von ihren Haaren bedeckt. Lippen voll und
fein geschwungen.
Sie spürt es wenn ich sie ansehe und schlägt die Augen
auf. Bergseenblau. Auch unsere Kinder, die wir
gemeinsam noch bekommen werden, haben diese
Augen, aber das weiß ich natürlich noch nicht.
„Ich werde mit Wolfgang reden", sagt sie und küsst mich
auf den Mund.
Das ist alles was sie sagt, bevor sie ihren schlafwarmen
Körper an den meinen drängt.
Später stehen wir auf und ich richte das Frühstück für die
Kinder, die in die Schule müssen.

Natürlich kennen sie Prudence.
„Bist du jetzt Papas Neue?", fragt Rebecca.
„Ja."
„Ich hoffe du lässt nicht überall deine Schlüpfer herumliegen wie die letzte!"
„Rebecca!"
Prudence lächelt. „Keine Angst", sagt sie. „Ich nehme dir Papa nicht weg!"
Ich bin glücklich. Wie sie so dasitzen, meine Kinder und Prudence. Wie ihre Augen leuchten, wenn sie mich anschaut. Endlich wieder dieses Gefühl von Familie das ich so lange vermisst habe.
Auch das, einer jener Momente in meinem Leben, in denen ich wortlose Nähe verspüre.
Das Beste daran: Ich weiß es! Ich fühle sie so deutlich, wie man den Wind in einer lauen Sommernacht spürt, ohne ihn zu sehen, oder etwa zu hören. Meine Tochter, mein Sohn und ich – und Prudence, mit ihrem schönen, ovalen Gesicht.
Grüne Tochtersonnen die mein Leben bescheinen. Die blaue Himmelswärme meines Sohnes und Bergseen so tief, das ich alles darin finden kann, was ich mir je erträumte.
Ich überlege, wie ich das alles Charlotte erzählen soll.

16. Januar 2004, nachmittags. (15 Jahre nach 1989).

Nächster <u>Automatismus</u> – Schuld.
„Oh", sagt Eckehart in dem er an die Tafel schaut. „Fast hätte ich es vergessen, aber wenn wir über Fehler sprechen, sollten wir unbedingt auch noch den Schatten der Fehler erwähnen, der immer dann spürbar wird, wenn wir etwas falsch gemacht haben:

Wir fühlen uns **schuldig**!
**Was ist „Schuld?"**
„Schuld ist, wenn man etwas falsch gemacht hat und sich dann schlecht fühlt", erklärt Frau Viesel. (Der Schatten von Fehlern).
„Ein unangenehmes Brennen im Magen, genau hier", erklärt Frau Toms und zeigt auf ihr Sonnengeflecht.
„Es scheint", sagt Eckehart, „dass wir Fehler mit Schuld bezahlen. Schuld ist also quasi eine Währung, oder?"
„Ja, kann sein. Vielleicht…"
„Nehmen wir ein Beispiel", fährt Eckehart fort. „Morgen ist eine Betriebsfeier. Ich sage meiner Freundin, dass ich ungefähr gegen 24:00 Uhr zu Hause sein werde."
Viele kennen solche Situationen das kann ich sehen.
„Nun ist diese Feier aber endlich einmal ganz anders, als die bisherigen Feiern. Wir unterhalten uns prächtig, die Zeit verfliegt und ohne dass ich es gemerkt hätte, ist es plötzlich 4:00 Uhr in der Frühe. Eines weiß ich ganz genau: Das gibt Ärger! Auch der Versuch von mir, mit halb heruntergelassen Hosen, rückwärts ans Bett zu gehen, um dann, wenn meine Freundin aufwacht, mich zu strecken, die Hosen wieder hochzuziehen und so zu tun als stünde ich auf, misslingt. Auf meine gute Nacht

kommt keine Antwort. Nun gut, vielleicht hätte ich auch besser „guten Morgen" gesagt!"
Die Teilnehmer lachen.
„Wie auch immer. Mit Grausen (und schwerem Kopf) sitze ich drei Stunden später am Frühstückstisch."
„Wo warst du?"
„Jetzt geht es los", denke ich.
„Das weißt du doch", antworte ich.
„Erzähl mir nichts", daraufhin sie.
„Wo soll ich denn sonst gewesen sein?", frage ich zurück.
„Du bist es doch, der die ganze Zeit stöhnt, wenn du zu einer dieser Veranstaltungen musst und nun bleibst du vier Stunden länger?"
„Na ja", antworte ich. „Der Rudi, die Heike und ich haben uns festgequatscht…"
„War die neue Sekretärin dabei?"
Langsam, damit alle Zuhörer es sehen können legt Eckehart einen zehn Euro Schein auf den Tisch.
„Jetzt bezahle ich", sagt er dazu.
„Aber Liebling, du bist die einzige Frau in meinem Leben, die mich interessiert…"
„Vermutlich blond", unterbricht mich Susi. „90 - 60 - 90…".
Zehn Euro reichen nicht!
Eckehart holt einen weiteren Schein aus seiner Börse und legte ihn auf den ersten.
„Kann ich dir nicht sagen, sie interessiert mich nicht!"
„Pah!", sagt meine Freundin. „Wir hatten 24:00 Uhr vereinbart!"
Eckehart holt den nächsten Schein aus der Geldbörse.
„Das stimmt", antworte ich und es tut mir auch leid. Das nächste Mal gebe ich dir Bescheid!" Ich spüre wie ich

langsam ärgerlich zu werden beginne.
Wenn Susie eine kluge Frau ist, hört sie an dieser Stelle auf. Wenn nicht, werden mir, je länger das Gespräch dauert, ein paar Sachen klar: Um jemanden zu kritisieren, ins Unrecht zu setzen, muss derjenige sich besser, intelligenter, klüger fühlen als ….und sich über mich stellen. Das passt mir natürlich nicht! Mit welchem Recht, denke ich, maßt sie sich an, sich über mich zu erheben? Ich suche nun vielleicht selbst nach vergangenen Verfehlungen meiner Freundin, um sie ihr aufs Butterbrot zu schmieren. Ich bin wütend, weil ich schuldig gemacht wurde. Ich habe mit Schuldgefühlen bezahlt, ich bin in den Schmutz getreten worden, ich sinne auf Rache - und ich werde es wieder tun!"
Eckehart schaut sich um.
**„Verstehen sie? Schuld funktioniert nicht! Wenn sie jemanden schuldig machen wird er es wieder tun, wenn sie schuldig gemacht werden, werden sie es wieder tun! Schuld funktioniert nicht! Nie!**
Auch Schuld ist nur, wie Perfektion, ein Mechanismus, der unbewusst abläuft, auf den wir - so lange wir bewusstlos sind -keinen Einfluss haben."

September 92. Drei Jahre später.

Ein kleines, uraltes Haus. Zartgelbe Wände mit von der Sonne gebleichten, blaugrünen Fensterläden unter mir. Ein kleines Tal, ein kleiner Fluss. Gartenmöbel auf der Wiese. Der Tisch mit einer knallroten Decke. Kirchenglocken läuten. Das Dach voll Moos, die untere Hälfte des Hauses von Bäumen überwuchert. Vögel pfeifen und der Wind berührt sanft meinen Nacken. Vor dem Haus eine große Wiese. Baumumrahmt und leuchtend grün. Ameisen die auf Steinen krabbeln und die Sonne wärmt meine Haut. Ich stelle mir vor: Das Innere lichtdurchflutet. Die Möbel helles Holz. Prudence blond gezopft, strahlt wie der Frühling an diesem Tag und vor dem Haus, auf der baumumrahmten, leuchtend grünen Wiese spielen unsere gemeinsamen Kinder. Ein Mädchen blond, ein Junge blond, mit den Bergseenaugen ihrer Mutter. Ein weißes Tor aus Holz. Die große Wächterbuche. Meine beiden Kinder, aus erster Ehe, sind im Haus.
Ich bin glücklich und liebe es, mir mein Glück manchmal von hier oben anzusehen. Ich sehe wie mein Sohn, jetzt zehn Jahre alt und in der Sonderschule, mit zwei Freunden aus der Tür kommt und einen Ball mit einem mächtigen Schlag auf die Wiese drischt.
Sekunden später rennen sie erhitzt und selbstvergessen über das Gelände. Ich weiß, dass sie jetzt Beckenbauer, Günter Netzer oder Tante Käthe sind. Ich mache mir keine Sorgen, weil Johann ein kluger, kleiner Bursche ist, der einfach nur Zeit braucht, um sich zu entwickeln und die gebe ich ihm. Wir sind nicht zum Psychologen gegangen, wir haben ihm keine Medikamente gegeben,

sondern Geborgenheit. Er darf in der Schule bleiben, die ihm gut tut und Prudence und ich halten alles von ihm fern, was ihm das Gefühl geben könnte nicht in Ordnung zu sein.
Später wird er die Schule wechseln, auf das Gymnasium gehen, studieren und ein sehr guter Ingenieur werden, was sich jetzt noch nicht weiß.
Auch meine kleine Tochter lebt bei uns. Zwei Jahre schon. Sie hat sich nach unserer Trennung mit ihrer Mutter überworfen. Grüne Augen, blondes Haar, der Gang einer Tänzerin und in der Pubertät. Ich kann sie nicht erziehen, aber wir treffen Vereinbarungen und halten uns daran. Ich gebe ihr keine Befehle, sondern mache Vorschläge. Ich lasse alles was sie tut gelten, sage ihr aber meine Meinung dazu. Entscheiden muss sie dann selbst und ich trage alles mit, selbst wenn ich weiß, dass es falsch ist.
Ich gebe auch ihr Geborgenheit und Sicherheit sowie Unterstützung, so weit ich das kann. Und Liebe.
Ich kann sie von hier oben aus nicht sehen, weil sie mit ihren Freundinnen im Haus ist.
Ich sitze auf meinem Lieblingsplatz. Ein roter Käfer. Steine als Platten. Rechteckig verschoben, vor der kleinen Kapelle. Gotische Bögen, das kenne ich und vor mir das Haus. Prudence und die Kinder. Prudence mit ihren langen, blonden Haaren, sehr groß, sehr weiblich, blaue Augen, freche gerade Nase. Ein schöner Hals. Lippen die ich gerne küsse und Zähne weiß wie Perlen.

17. Januar 2004. Eckehart. (15 Jahre nach 1989).

Automatismus – Gründe.
Als wir heute Morgen den Seminarraum betraten, stand ein Satz auf dem Whiteboard den Eckehart gestern aufschreiben ließ: „**Alle Gründe im Leben sind falsch!**".
Eckehart wartet geduldig, bis alle Platz genommen haben. Dann deutet er auf das Whiteboard.: „Stimmt das? Sind alle Gründe im Leben falsch?"
„Nein", antwortet Herr Schneider und streicht sich durch seine schlohweißen Haare, „das stimmt natürlich nicht!"
„Wie sehen die Anderen das?", fragt Eckehart.
„Das ist nicht richtig", sagt Frau Müller und auch der Rest der Zuhörer ist ihrer Meinung.
„Nun", sagt Eckehart, „dann will ich Ihnen mal wieder eine kleine Geschichte erzählen…
Nehmen wir einmal an, sie sind sieben Jahre alt. Ihre Eltern haben ihnen verboten in der Wohnung herum zu tollen. Sie tun es natürlich trotzdem. Sie rutschen aus und reißen die teure chinesische Vase ihres Vaters mit sich. Die Vase zerspringt in 1.000 Stücke.
Eines wissen sie genau: Wenn ihnen jetzt keine gute Ausrede, kein guter Grund einfällt, **warum** das passiert ist, haben sie ein Problem! Ihr Gehirn fängt an fieberhaft zu arbeiten und plötzlich ist der dumme Teppich schuld, an dem sie hängen geblieben sind. Ja, so war das! Sie glauben das nun selbst und vergessen, oder verdrängen den Umstand, dass sie unerlaubterweise herumgetobt haben. Später lernen wir dann, dass wir zu spät in die Schule kommen können, dass sie straflos die Hausaufgaben vergessen dürfen, ja dass selbst die Konsequenzen für ein Verbrechen nicht so drastisch

ausfallen, wenn, - ja wenn sie nur einen guten Grund, eine gute Ausrede dafür haben. (Wenn wir also für das, was passiert ist, nicht verantwortlich sein müssen).
Dass dies nicht die **Wahrheit** ist, wissen wir.
**Sie erinnern sich: Wahrheit ist für alle gleich, über Wahrheit braucht nicht diskutiert zu werden.**
Kann man über die Teppichtheorie streiten, über das Zuspätkommen, über die vergessenen Hausaufgaben?"
Wir schweigen.
„Verstehen sie meine Damen und Herren. Wir tun was wir tun und erfinden nachträglich einen Grund dafür (wenn es schief gelaufen ist). Das geht manchmal so schnell, dass wir selbst glauben, der Grund sei schon vorher da gewesen. Oder zumindest reden wir uns das **danach** erfolgreich ein und vergessen die wahren Ursachen."
Herr Schneider protestiert: „Ob etwas vorher oder nachher geschehen ist weiß ich genau. Die Zeit lässt sich nicht betrügen und somit **sind** die Gründe für meine Taten schon vorher da gewesen!"
Eckehart lächelt. „Wie immer eine kleine Geschichte dazu: Ich schlafe. Ich träume. Ich sitze auf einem weißen Pferd und reite durch die Steppe. Meine Haare fliegen im Wind…"
Die Anwesenden lachen, da Eckehart ja beinahe kahlköpfig ist.
„Ich reite lange", fährt er fort. „Ich genieße die kraftvollen Bewegungen meines Pferdes, die frische Luft, die herrliche Landschaft, bis plötzlich das Pferd strauchelt und ich in hohem Bogen durch die Luft fliege und auf der Erde aufschlage. Ich wache auf und stelle fest, dass ich aus dem Bett gefallen bin. (Das ist das, was schief gelaufen ist)."
Eckehart wartet einen Moment. „Verstehen sie? Dieser

Traum, der nach meinem Gefühl über eine halbe Stunde gedauert hat, ist in dem Bruchteil der Sekunde entstanden als mein Hinterteil den Boden berührt hat. Diese Tatsache war zuerst da und dann erst kam der Traum.
Ich bin aus dem Bett gefallen und mein Verstand hat einen Grund für meine Schmerzen erfunden. Wir könnten vielleicht auch sagen: Eine Geschichte dazu. (Jeder Schmerz braucht seine Geschichte, sonst könnte er nicht existieren!).
Zeit spielt für unseren Verstand dabei keine Rolle. Obwohl das alles in weniger als einer Sekunde passiert ist (das aus dem Bett fallen), hatte ich trotzdem das Gefühl, vorher eine halbe Stunde geritten zu sein.
Was wiederum die Genialität dieser Verstandesmaschine beweist. (Uns in einer Sekunde vorzugaukeln wir wären eine halbe Stunde oder mehr geritten, obwohl tatsächlich gar kein Ausritt stattgefunden hat! Habe ich schon erwähnt, dass ich gar kein Pferd habe und auch nicht reiten kann?"
Seine Zuhörer lachen.
„Im Wachbewusstsein stellt sich unser Verstand beim Erfinden seiner Geschichten deutlich geschickter an. Es sind dann immer noch Geschichten, aber diese orientieren sich dann etwas mehr an der „Realität" als ein Traum."
Eckehart holt tief Luft. „Noch einmal meine Damen und Herren: Alle Gründe im Leben sind falsch oder doch sehr oft nachträglich erfunden! Die Geschichten, die wir uns zu unseren Fehlschlägen, oder Schmerzen gegenseitig erzählen, entsprechen nur selten der Wahrheit.
Alles was in einer Erklärung nach dem Wörtchen „weil"

kommt, hat mit der **wahren Ursache** nichts zu tun."
„Das kann ich so nicht akzeptieren", meldet sich Herr Wendel zu Wort, der ein gelernter Bankkaufmann ist. „Ich glaube sehr wohl, dass es Gründe gibt, dass Dinge zwangsläufig passieren!"
„Na ja", sagt Eckehart, „irgendwie ist das natürlich richtig. Ich würde allerdings sagen, dass sie gerade dabei sind von Ursachen zu sprechen?"
„Wo ist denn da der Unterschied?", fragt Claudia.
„Nun", erklärt Eckehart, „ein Grund (eine Ausrede) erklärt meistens nur das, was in der Vergangenheit schief gelaufen ist, lässt aber keine Vorhersagen für die Zukunft zu. Was so viel heißt wie: Das was dieses Mal schief lief, kann das nächste Mal vielleicht klappen.
Ursache und Wahrheit haben vieles gemeinsam. **Über Ursachen kann man ebenso wenig diskutieren wie über die Wahrheit. Ursachen sind, wenn sie passieren ebenfalls für alle gleich.** Daran kann ich sie auch gut von Gründen (Märchen) unterscheiden.
Beispiele: Ich bin zu spät dran **weil** der Verkehr auf der Straße einfach zu stark war.
Ein Anderer hätte die hohe Verkehrsdichte an einem Montag berücksichtigt und wäre entsprechend früher losgefahren und rechtzeitig angekommen!
Also ist „zu viel Verkehr" ein Grund (eine Ausrede).
Dieser Grund, diese Ursache ist nur dazu da, mir Recht zu geben. Ich konnte nichts dafür, ich bin für mein Zuspätkommen **nicht verantwortlich**.
Hingegen – wenn sie rechtzeitig losgefahren sind und vor ihnen passiert ein Unfall aufgrund dessen sie im Stau stehen und weshalb sie zu spät kommen, ist das eine Ursache. Jedem wäre das so ergangen und jedem ergeht

es in der Zukunft so, wenn das Gleiche passiert.
Oder die Aussage: Ich bin arbeitslos, **weil** ich über 50 bin, ist ein Grund (eine Ausrede), der ihre bisher erfolglose Arbeitssuche zu erklären versucht. (Ihnen das Recht gibt, arbeitslos zu sein. Sie sind jedenfalls nicht dafür haftbar zu machen!)
Ginge es jedem in diesem Alter so und würde das jedem über 50 auch weiterhin so ergehen, wäre das Alter die **Ursache** für die Arbeitslosigkeit. Da es aber durchaus Menschen gibt, die unter diesen Umständen Arbeit bekommen, und es selbst bei unserem Beispiel beim nächsten Mal klappen könnte, ist es eben nur ein Grund. (Eine Ausrede).
Mit Gründen versuchen wir also zu erklären, warum etwas schief gelaufen ist und wir das Recht haben uns zu beklagen. Warum wir **nicht verantwortlich** dafür sind! Jeder der etwas versucht hat und daran gescheitert ist, hat statt eines Resultats eben einen Grund! (Eine Ausrede)."
**Reasons or Results**, schreibt Eckehart an die Tafel.
„Jemand der Ergebnisse vorweisen kann, braucht keine Gründe!
Ein Grund gibt mir das Recht zu spät zu kommen, ein Grund liefert mir die Erklärung dazu, warum ich arbeitslos bin. Gründe erklären mir und den Anderen, wie die Welt funktioniert.
*Und dass ich auf keinen Fall die Verantwortung für den ganzen Schlamassel habe!!!*
„Ah so, der Verkehr. Klar wenn man über 50 ist…"
„Gründe geben mir ein Gefühl der Sicherheit und alles kann weiterlaufen wie bisher. (Ich konnte ja nichts dafür!) Ich werde auch das nächste Mal nicht früher losfahren.

Ich bewerbe mich vielleicht gar nicht mehr, **weil** ich über 50 bin und alle haben sie Verständnis für mich.
„Ja bei dem Verkehr..."
„Ja wenn man über 50 ist..."
„Alles kann so bleiben wie es war. Ich muss mich nicht verändern. Ich muss nicht früher losfahren, ich muss auch meine Bewerbungsstrategie nicht ändern."
Eckehart schaut sich um. „Wenn ich nun die Regierungen dieses Planeten auffordern würde, ihre Umwelt- und Finanzpolitik grundsätzlich zu ändern, weil wir ansonsten enorme Probleme (Kriege um die letzten Rohstoffe, Unwetter, Überschwemmungen durch unsere überhitzte Atmosphäre, Überbevölkerung, Weltwirtschaftskrisen, Einwanderungswellen usw.) bekommen, werde ich 1.000 Ausreden, Gründe hören warum das angeblich nicht geht. Und wer Gründe (Ausreden) hat, ist nicht verantwortlich und muss deshalb auch nichts ändern. Er benimmt sich quasi verantwortungslos.

**Reasons or Results!"**



August 2010. (21 Jahre nach 1989).

Ich trage einen Anzug. Schwarz. Weißes Hemd, gelbe Krawatte. Ich stehe in einem Schlosshof und warte. Pflastersteine und gepflegter Rasen im Wechsel. Große Linden zwischen massiv gemauerten Stallungen. Die

Herrschaftsgebäude Ocker.
Das Schloss liegt auf einer Anhöhe, umgeben von Mauern, einem Burggraben, Wehrtürmen. Alles renoviert und neu instand gesetzt. Auch der Schlossgarten - großzügig angelegt mit blühenden Rosen - darf nicht fehlen.
Immer wieder bin ich in die letzten beiden Tagen an die Mauer gegangen und habe ins Tal hinabgeschaut. Ein Blick, der mir auch heute Morgen noch den Atem verschlagen hat: Unter mir die Donau. Heute lehmbraun, und das Zollhaus schneeweiß. Der Himmel strahlend blau. Gezupfte Wolken wie Inseln in einem riesigen Meer.
Ich trage einen Anzug. Schwarz. Weißes Hemd, gelbe Krawatte. Ich stehe in einem Schlosshof und warte.
Es ist heiß und als die Orgel in der kleinen Kapelle zu spielen beginnt, verschwinden alle Hochzeitsgäste in ihrem riesig, kühlen Bauch. Das geschwätzige Lärmen verstummt und sogar das Singen der Vögel und das Kläffen eines Hundes in der Ferne sind wieder hörbar.
Nur Rebecca, der Fotograf und ich sind noch da.
Ich trage einen Anzug. Schwarz. Weißes Hemd, gelbe Krawatte. Ich stehe in einem Schlosshof und warte.
Der Fotograf – geschäftig, geht in die Knie, wieder nach oben, von der Seite. Der Auslöser klickt und klackt. Die Gäste sind in der Kapelle, wo der katholische Pfarrer noch immer nicht sicher ist, ob diese Amerikaner die Trauungszeremonie auch wirklich von einer Disneylandveranstaltung unterscheiden können.
Und meine Tochter unter der Linde strahlt.
Sie hat die Trauung von Boston aus organisiert. Das Schloss, die Feier, den Pfarrer, die Einladung, einfach alles. Ich als Vater brauchte nur anzureisen und da zu

sein.
Ich liebe meine Tochter und es ist schön, sie in ihrem cremeweißen Brautkleid (natürlich viel zu eng) so strahlen zu sehen. Sie hat sich nicht beklagt, mir keine Vorwürfe gemacht, sondern die Trauung, wie selbstverständlich, aus den USA nach Bayern verlegt, weil ich nicht fliege. Auch Tom, der Schwiegervater – weißhaarig, ein wenig behäbig, bärenhaft, den ich auf Anhieb mag, hat sich nicht beklagt. Und auch niemand von den 30 - 40 anderen Amerikanern, die alle über München eingeflogen sind.
Sie ist so klein, so zart mit ihren großen, grünen Augen. Ihre Bewegungen anmutig, aber energisch. Die Figur einer Tänzerin. Das blonde Haar zu einer kunstvollen Frisur gesteckt. Eine kleine Schönheit. Und erfolgreich. Medizinstudium Freiburg, München. Danach ein Stipendium für die Harvard University Boston. Wieder München, wieder ein Stipendium – dieses Mal Forschung an der Harvard University. Vier Jahre in denen ich sie höchstens ein bis zweimal im Jahr sehe. Danach ihre Fachärztinnenausbildung am General Hospital und ein Vertrag für die nächsten vier Jahre. „Papa", ruft meine Tochter unter die riesige Linde, in deren Schatten nun auch ich gerufen werde.
Braut mit Vater rechts, Braut mit Vater links. Es ist drückend heiß.
„Besorg mir was zu trinken", sagt Rebecca, „sonst falle ich um!"
Aber, es ist außer mir und dem Fotografen niemand mehr da. Alle vom großen Maul der Kapelle verschluckt. Nur der Fotograf, die riesige Linde, ein leerer Schlosshof, Rebecca und ich.

Eine Mama mit Kind kommt über die Zugbrücke. Unsere Rettung. Wir bekommen die Schnabeltasse des Kleinen, Fencheltee.
Bob der Bräutigam, ein amerikanischer Arzt, den sie während ihres Stipendiums kennen gelernt hat, wartet bereits drinnen während Rebecca trinkt und die Farbe wieder in ihr Gesicht zurückkehrt.
Ich weiß: Princeton, Yale, Harvard und die Wall Street auf der rechten Seite. München, Freiburg und der Schwarzwald auf der Linken.
Orgelklänge, Hochzeitsmarsch.
Ich denke an die Mutter meiner Kinder (die Tänzerin), die gestorben ist. Krebs! Sie hat sich nicht mehr gefunden, aber dafür den anderen Mann, den ich fast immer an ihrem Sterbebett angetroffen habe. Ein guter Mann, der auch für meine Kinder da war und sie nie geschlagen oder bevormundet hat. Deshalb laden wir ihn ein, ist er nach wie vor ein Mitglied der Familie. Ich denke, dass es schade ist, dass sie nicht dabei sein kann, aber die Dinge sind, wie sie eben sind.
Wir überqueren den Hof und betreten die Kapelle.
Es ist seltsam. Ein Schritt vor den anderen. Aber jetzt spüre ich nur Rebecca an meiner Linken, die sich eingehakt hat. Sehe Bob, der auf sie wartet. Johann, meinen Sohn der mit Juliane, seiner Freundin, links vorne steht. Sonst ist niemand für mich da, obwohl die Kapelle bis zum letzten Platz gefüllt ist. Es ist ganz still, auch wenn die Orgel spielt.
Eine Tür, die ein Vater durchschreiten muss, durchschritten.
Meine Tochter sagt etwas zu mir.
„Bitte?"

Ich erwache.
Stimmengewirr, Blitzlichter, viele Gesichter. Irgendjemand singt. Princeton, Yale und Harvard und die Wall Street rechts, Freiburg und München und der Schwarzwald links. Alle sehen sie uns an.
„Die Blumen, Papa. Die sollte wohl ich nehmen, oder?"
Tatsächlich, ich habe den Brautstrauß in der Hand, während wir schon mitten in der Kapelle stehen.
Wir lächeln uns an.
Die Blumen wechseln den Besitzer.

Zusammenfassung:

Unser grundlegender Antrieb für alles was wir tun, ist die Angst vor dem Tod und das damit verbundene illusionäre **Mangelbewußtsein**: Nicht genug!
Wir glauben, dass hätten wir genügend Geld, Liebe, Reichtum - Macht und Sicherheit, alles gut sein könnte!
Aber: Wie wir schon wissen, **kann dieses Mangelgefühl nie befriedigt werden**. (Unsere ganze Wettbewerbsgesellschaft beruht somit auf einem Irrtum!).
Selbst wenn sie der reichste und mächtigste Mann der Welt wären, hätten sie Angst, den Reichtum wieder zu verlieren, oder entführt und getötet zu werden! (Was in verschiedenen Ländern in Südamerika, oder Ägypten, Syrien, Tunesien und der Ukraine, eine inzwischen durchaus berechtigte Furcht ist!)

Um dieser Angst vor dem Tod zu entgehen, flüchten wir zusätzlich in eine Rolle, und versuchen diese mit Rechthaben zu schützen, damit wir uns sicher fühlen können. (Wer Recht hat überlebt!).
Das Rechthaben stützen wir mit Ansichten, Meinungen, Glaubenssätzen. Um diese Ansichten, Meinungen, Glaubenssätze und Behauptungen aufrecht erhalten zu können, brauchen wir Informationen. Wenn dies nicht ausreicht um uns stärker, besser, schneller und klüger als... zu fühlen, versuchen wir Fehler zu vermeiden, perfekt zu werden und arbeiten mit Schuld.
Und für alles was wir da tun, haben wir immer einen „guten Grund".
Da auch dies noch nicht ausreicht, um keine Angst zu empfinden, betäuben wir uns zusätzlich mit einer quietschebunten, lauten, hektischen Kunstwelt (Spaßgesellschaft) und schauen statt in die reale Welt auf eine künstliche Scheibenwelt (Handydisplays, Computer, Fernsehbildschirme – die Welt ist eine Scheibe!). Oder wir nehmen Drogen, oder werden Aufsichtsratsvorsitzender einer Bank, oder Politiker oder noch besser beides und verstecken uns hinter Macht und Statussymbolen! Vergeblich – **der Tod wird uns finden!**
Wie kurzsichtig und am Ende erfolglos diese Art zu leben ist, sehen wir spätestens dann, wenn wir unsere Rohstoffe endgültig verbraucht haben und in einer überhitzten, übervölkerten, von Katastrophen heimgesuchten Welt leben müssen, oder unsere ganz persönliche Lebenszeit abgelaufen ist."

Nach dem Vortrag:
Claudia: „Weißt du was hier wunderbar passt?"
Josef: „Erzähl!"
Claudia: „Indische Veden: Wenn mir nun, Herr, diese ganze Erde mit all ihrem Reichtum angehörte, würde ich dadurch unsterblich sein?"
„Mitnichten!", sprach Yajua Ralkye. „Sondern das Leben der Wohlhabenden würde dein Leben sein, auf Unsterblichkeit aber ist keine Hoffnung durch Reichtum!" (Sinngemäß).
Claudia: „Auch die Reichen sterben!"
Ich: „Irgendwie kommt es mir so vor, als würden im Menschen zwei Prinzipien miteinander streiten. Ein Prinzip, das nach Materiellem nach Fassbaren, nach Sicherheit strebt und das Andere, ein geistiges Prinzip das nach Erkenntnis, nach Wahrheit nach Gott und dem Sinn unseres Lebens sucht …"
Josef: „Interessanterweise fällt mir dazu Schelling ein."
Ich: „Welcher Schelling?"
Josef: „F. W. J. Schelling. Den Zeitgenossen Goethes, Schillers, Fichtes, Kants, Hegels, Novartis, Tiecks, die sich übrigens alle kannten.
Dieser Schelling behauptet nun, dass **in** Gott ein kontrahierendes (einziehendes) Prinzip, welches das Reale, Materielle schafft – und ein ideales, ein expandierendes (geistiges) Prinzip als Urgrund unserer Existenz da ist.
Im idealen Prinzip sind, wie bei Aristoteles, alle Dinge als Schatten, oder Ideen bereits im Anbeginn der Zeit entstanden. Gäbe es kein kontrahierendes Prinzip als Gegenkraft würden die Ideen unbemerkt und ungesehen, wieder vergehen.

Das kontrahierende Prinzip verdichtet jedoch diese Ideen zur Realität, so dass sie sichtbar und fassbar werden. Beide Kräfte müssen ausgeglichen sein, damit die Welt bestehen kann.

Das reale, materielle, einziehende Prinzip der Bewegtheit nach innen zu, die Macht der Konzentration, bewahrt alles Seiende vor dem Zerfließen im Ganzen.

Aber wird das einziehende Prinzip (das Materielle) sich selbst und seiner Bewegtheit überlassen, führt es (durch Abkapselung, Individualisierung, Egoismus) zur Zerstörung aller Ganzheit (die ja nur durch das ebenfalls existierende geistige, ideelle, expandierende Prinzip gewährleistet ist).

Sich selbst überlassen, wird das einziehende Prinzip (Materielle) zum Prinzip dämonischer Verschlossenheit, wird es zum Prinzip des Egoismus… Macht, die das Dasein ins Dunkel drängt. (Zitat Schelling)."

Ich: „Das erinnert irgendwie an den Zustand der Welt heute, oder nicht?"

Claudia: (nickt nachdenklich). „Du meinst weil wir nicht mehr nach geistigen Werten wie Gott, oder der Freiheit des Menschen, Brüderlichkeit, Gleichheit oder dem Sinn unserer Existenz streben?"

Josef: „Ja, sondern nach neuen Autos, Einfamilienhäusern, Urlaub oder Handys. Das sind nur noch materielle Dinge die nichts mehr mit den am Anfang, als Ideen vorhandenen Bildern zu tun haben..."

Ich: „Welche der Urgrund aller Dinge sind."

Josef: „Schau dir einmal die Natur an. Da gibt es zum Beispiel die Idee (das Urbild) eines Baumes. Mutter Erde ummantelt diese Idee mit Materie und jetzt steht dieses Geistige für alle sichtbar vor uns."

Ich: „Und vergeht."
Josef: „Wie jeder Gedanke vergeht."
Claudia: „So wie **wir** entstehen und vergehen. **Ein Gedanke Gottes** vielleicht, nicht mehr?"
Josef: „Vielleicht, wer weiß? Wir Menschen machen das jedenfalls genau so! Zuerst haben wir eine Idee zum Beispiel einen Tisch und dann ummanteln auch wir diese **Idee** mit Materie, wie es die Natur und vielleicht auch Gott tut mit ihren Ideen und dann ist diese **Idee**, dieser Tisch **für alle sichtbar in unserer Welt vorhanden**. Wir haben ihn quasi aus der geistigen Welt in die materielle Welt gebracht. Nur ist es dann unser Werk und nicht das direkte Ergebnis der schaffenden Natur."
Ich: „Das heißt aber auch, dass unser Schaffen dem Erschaffen Gottes sehr ähnlich ist und dass es die Natur (Gott?) in einer Jahrmillionen dauernden Entwicklung geschafft hat ein Wesen in die Welt zu bringen, das es ihr gleich tun kann und ein Spiegel für ihr Wirken ist?"
Ich: „Auch wir ummanteln unsere Ideen mit Materie wie es die Natur mit ihrer Schöpfung tut."
Claudia: „Du meinst also, dass wir die ganze Zeit in zwei Welten leben. Einer Geistigen und einer Materiellen und dass die materielle Welt ohne die Geistige gar nicht existieren könnte?
Bevor ein Stuhl (also Materie) werden kann, muss er als **Idee** im Kopfe eines Konstrukteurs existiert haben."
Josef: „Auch ein Auto muss zuvor eine **Idee** gewesen sein, bevor es konstruiert werden kann."
Claudia: „Ihr meint also ohne die *Idee* einer Blume könnte keine Blume entstehen?"
Josef: „Das ist für mich sonnenklar! An einer anderen Stelle sagt, glaube ich wieder Schelling: **Erst im**

**Menschen erwacht die Natur ganz und erkennt sich selbst."**
Ich: „Und ich glaube, dass die Natur, als sie sich selbst in uns erkannt hat, sehr erschrocken ist."
Josef: „Warum glaubst du das?"
Ich: „Wenn ein Baum als Idee entsteht, so hat er nur, wenn überhaupt, ein schlafendes Bewusstsein. Einem Baum wird also der Tod keine Probleme machen und die Natur die sich in diesem Baum verwirklicht, wird das Absterben des Baumes als völlig normal ansehen, weil sie sich sofort im nächsten Baum wieder verwirklichen kann...
Ein Tier ist schon ein wenig erwacht und fürchtet sich instinktiv vor der Vernichtung.
Im Menschen nun erwacht die Natur (Gott) ganz:
**Ich bin der Ich bin.**
So beschreibt sich Gott in der Bibel, als er nach dem „Wer bist Du?" gefragt wird.
Ein *Ich bin* (ein Selbstbewusstsein) ist entstanden sieht sich im Spiel von Werden und Vergehen und wehrt sich mit Händen und Füßen gegen die Vergänglichkeit und den Tod."
Josef: „Du meinst, die Natur hat - in uns erwacht - Angst vor der eigenen Vergänglichkeit?"
Claudia: „Vor dem Zurückfallen ins Nichts?"
Ich: „Vielleicht."
Claudia: „Das könnte ich gut verstehen. Da hat es so lange gebraucht ein Wesen mit Bewusstsein hervor zu bringen, das Bäume anschauen, den Himmel, andere Menschen sehen kann, das selbst ein *Ich bin* entwickelt und damit auch der Natur ein Gefühl des *Ich bin* vermitteln kann. Ist es da ein Wunder, dass die Natur

dieses - <u>sich selbst Erkennen</u> ewig fortführen will und das Erlöschen dieses Bewusstseins in jedem Menschen fürchtet?"
Josef: „Die Natur mit Gott gleich zu setzen ist falsch, so wie es falsch ist unseren Verstand (Teil der Natur – vergänglich) mit uns, dem was wir wirklich sind (unvergänglich), gleich zu setzen. Für mich ist die Natur und damit unser Verstand, unsere menschliche Hülle, aber nur ein kleiner geschaffener Teil Gottes. Und wie alles was Gott außerhalb seiner selbst geschaffen hat: Polar!, also auch der Vergänglichkeit unterworfen. Allerdings habt ihr Recht und dieser geschaffene Teil, (die Erde) ist durch unseren Verstand selbst erwacht und erkennt sich zum ersten Mal selbst. Die Erde (Natur) kann sich durch unsere Augen selbst ansehen, sich selbst betrachten und mit sich selbst reden."
Ich: „Nicht unsere Seele (göttlich) fürchtet sich vor der Vernichtung, sondern unser Verstand (polar)?"
Claudia: „Du glaubst wir haben eine unsterbliche Seele, aber einen sterblichen Verstand?"
Ich: „Siehst du wo das Problem liegt?"
Josef: „Und wo?"
Ich: „Darin, dass ein Teil von uns, unser Verstand, unsere Überlebensmaschine in der Zwischenzeit so selbständig funktioniert, so automatisch agiert und so dominant geworden ist dass wir denken wir seien diese Maschine und uns somit nur noch auf unsere **sterbliche Existenz** konzentrieren!
**Dieser Verstand ist das Sinnbild des kontrahierenden Prinzipes überhaupt,** da er versucht alles Geistige - unsere Ideen - real zu machen. Und diese Maschine, unser Verstand ist es, die Angst vor dem Tod hat, denn

schließlich wurde sie zu dessen Vermeidung ja geschaffen!

Wir sind mit dem Mangelbedürfnis, der Rolle, dem Informationen sammeln, dem Rechthaben, dem Meinungen, Ansichten bilden, um noch besser Recht haben zu können, (noch besser Überleben zu können), dem Vermeiden von Fehlern, Perfektion und dem Streben nach Sicherheit und Gewohnheit so beschäftigt, dass wir uns die Frage aller Fragen, nämlich: **Wer bin ich und warum bin ich hier, wie kann ich einen sinnvollen Beitrag für mich und Andere leisten** gar nicht mehr stellen."

Josef: „Wir überlassen also, das kontrahierende Prinzip, dessen Bewusstsein unser Verstand ist, sich selbst? Wir sind quasi bewusstlos?"

Ich: „Ja, dieses göttliche *Ich bin* ist durch das „zu wenig" durch das „ich muss um jeden Preis überleben" in den Hintergrund gedrängt worden, so dass wir alle, die zu Anfang beschriebenen Konsequenzen, die Schelling schon vor 300 Jahren beschrieben hat, zu tragen haben:

– *„...aber wird das einziehende Prinzip (das Materielle, der Verstand) sich selbst und seiner Bewegtheit überlassen, führt es (durch Abkapselung, Individualisierung, Egoismus) zur Zerstörung aller Ganzheit (die ja nur durch das ebenfalls existierende, geistige, ideelle, expandierende Prinzip gewährleistet ist). Sich selbst überlassen wird das einziehende Prinzip (Materielle) zum Prinzip dämonischer Verschlossenheit, wird es zum Prinzip des Egoismus... Macht, die das Dasein ins Dunkel drängt."*

Claudia: „Ich verstehe und ich denke, ich weiß nun auch, was Eckehart will."

Josef: „Er will uns zeigen, wie dieses kontrahierende Prinzip, verwirklicht in unserem Verstand, unser Leben bestimmt. Er beschreibt die Automatismen denen wir folgen und **er gibt uns dadurch die Wahl** in unserem Leben wieder **wir selbst** zu sein und uns wieder mehr den genau so wichtigen Dingen (neuen Ideen für eine neue, lebensfähige Welt), dem Geistigen zu widmen, statt unser Leben wie ein Automat einfach so weiter zu führen wie bisher. Er will uns klar machen, **dass wir nicht unser Verstand sind, sondern nur einen Verstand haben**, der uns nicht beherrschen darf, sondern den wir lernen müssen zu gebrauchen.
Er will uns zeigen, dass wir noch eine Seele (die unsterblich ist) haben und dass diese die Meisterin des Verstandes werden muss, wenn wir uns eine lebenswerte Welt erhalten wollen. Wir müssen aufwachen!"


November 89

Charlotte verlässt mich.
Sie hat es nicht gesagt, aber ihre Art Doktor Stuart Framingham zu lieben ist anders geworden. Verzweifelt, leidenschaftlicher. Eine Leidenschaft die sich festkrallt, die festzuhalten versucht, so voller Leben, so ohne Hoffnung. Ich habe Kratzspuren auf dem Rücken und wir fallen bei jeder Gelegenheit übereinander her. Aber es nützt nichts. Je näher Peter, oder Uwe kommt, (ich weiß

den Namen noch immer nicht), desto mehr verschwindet Dr. Stuart Framingham wieder in einem Buch von Christopher Durant. Zerfließt „buchstäblich" in Tinte und wird abstrakt. Eine Figur nur noch, die der Autor vielleicht sogar der Realität entnommen hat, wir wissen es nicht. Eine Figur jedenfalls die in unseren Köpfen und auf der Bühne so tut als sei sie real.
Ist sie das wirklich?
Ich liege wach.
Charlotte in meinem Arm.
Der blaue Vorhang weht im Wind und manchmal die Schritte eines Spät- oder Frühheimkehrers in den schmalen Gassen.
Charlotte *hat* einen Freund. Ich weiß das, weil das Bild auf den Büchern neben ihrem Bett umgeklappt ist, wenn ich komme.
In der Nacht, als ich zum ersten Mal da war, stand es aufrecht. Aber ich habe nicht hingesehen. Jetzt liegt es wieder da und ich spüre den Drang es hoch zu heben.
Charlotte schläft.
Ich liebe Frauen die schlafen. Sie sehen so unschuldig aus in ihrer Nacktheit. Alle Mühen und Lasten sind von ihnen abgefallen und sie haben ihre Rollen verloren.
Es wäre ganz einfach. Ich brauchte nur hinüber zu greifen und den Rahmen etwas anzuheben. Aber Charlotte, die eigentlich Judith heißt, würde das nicht wollen.
Es ist schwer, einer Bedrohung nicht zumindest ein Gesicht zu geben! Wenn ich wenigstens wüsste wie er aussieht!
Vielleicht ist es ein Student, vielleicht Jura. Ja, das würde zu Charlotte passen. Sein Name? Peter!

Judith und Peter, ein schönes Paar. Sie werden später heiraten.
Doch jetzt ist er in Paris und macht ein Auslandssemester und Judith ist einsam. Man kann es ihr nicht verübeln, denn sie ist lebenslustig und temperamentvoll. Vielleicht muss ich sie deshalb Charlotte nennen, weil Judith mich überhaupt nicht kennt. Judith würde ihren Peter, der jetzt, mit der Nase, unsichtbar auf ihren Büchern liegt, niemals betrügen und das muss ich respektieren, wenn ich mit ihr zusammen sein will.
Es könnte auch sein, dass Peter gar nicht Peter sondern Uwe heißt und in einer Bank arbeitet. Aber auch Uwe würde sie nicht betrügen und so bleibt es sich gleich. Die Geschichte von Charlotte und Dr. Stuart Framingham wird auf jeden Fall mit unserer letzten Aufführung enden, das weiß ich.
Es ist schön neben ihr zu liegen.
Auf einem weiteren Bücherstapel neben ihrem Bett steht eine Lampe, die sie mit einem Tuch abgedeckt hat. Der blaue Vorhang weht leise im Wind.
Prudence schaut mich nicht mehr an. Prudence ist verschwunden seit jener Nacht und ich sehe bei den Proben nur noch ihre Hülle.
Ich stehe vorsichtig auf und lösche das Licht.
Ich lege mich zu Charlotte, die etwas murmelt und ihren duftenden Kopf auf meine Brust legt. Alles ist vollkommen, so wie es ist. Ich lausche noch ein wenig den Geräuschen der Nacht, bevor ich mit Charlottes Seele spazieren gehe.

17. Januar 2004. (15 Jahre nach 1989)

**„Sie glauben nicht was sie sehen, sondern sie sehen was sie glauben!" – Automatismus.**

Eckehart geht an die Tafel und schreibt folgenden Satz auf:
**Sie glauben nicht was sie sehen, sondern sie sehen was sie glauben!**
„Dieser Mechanismus ist eingeschaltet worden, als wir uns als Kleinkind eine Rolle ausgesucht haben. Lassen sie sich diesen Satz noch einmal richtig durch den Kopf gehen", fordert er uns auf.
Wir denken also noch einmal darüber nach.
„Nehmen wir einmal Frau Schwabe. Frau Schwabe glaubt, dass die Welt ein fürchterlicher Ort ist. Kurz bevor sie morgens aufsteht, denkt sie schon darüber nach, ob es nicht besser wäre einfach liegen zu bleiben. Frau Schwabe mag ihren Job nicht, sie kann ihre Arbeitskollegen nicht leiden und sie hasst ihren Chef. Trotzdem steht sie auf. Sie muss schließlich Geld verdienen!
Draußen scheint die Sonne. Diese Hitze der letzten Tage! Wie soll man sich da vernünftig konzentrieren können? Der Kaffee schmeckt nicht und Frau Schwabe spürt wieder einmal so ein leichtes Stechen in der Magengegend. Lieber kein Frühstück heute, denkt Frau Schwabe und geht auf den Balkon um eine Zigarette zu rauchen. Ihr wird schlecht. Wie soll man da arbeiten können?
Frau Schwabe steigt ins Auto. Diese blöde alte Karre! Wenn sie anständig bezahlt würde, könnte sie sich auch

ein vernünftiges Auto leisten!
Was macht dieser Vollidiot da vorne? Fahr doch endlich, flucht sie und drückt auf die Hupe. Die beiden hoch erhobenen Hände ihres Vordermannes quittiert sie mit einem Stinkefinger. Trottel!
Endlich in der Firma angekommen wartet sie darauf, dass sie von ihren Kollegen begrüßt wird, was natürlich angesichts ihrer schlechten Laune nur vereinzelt passiert. Arrogante Deppen!
Den ganzen Tag geht das so weiter und wenn Frau Schwabe abends dann endlich ins Bett geht, sagt sie noch schnell zu sich selbst: Ich hab es ja gewusst, so ist das Leben!
Um diese Art von Glauben aufrecht zu erhalten hat Frau Schwabe den ganzen Tag Fakten verbogen, oder interpretiert, sie hat ihre Kollegen manipuliert und sie hat Dinge, die eventuell schön waren einfach ignoriert oder sie ausgeblendet, oder gleich wieder vergessen. Frau Schwabe hat enorm viel Energie verbraucht, um sich ihren Glauben bewahren zu können.
Wäre sie der Meinung gewesen, dass die Welt ein herrlicher Ort ist, hätte sie sich noch vor dem Aufstehen auf ihre Kollegen und die Arbeit gefreut. Sie hätte gut gefrühstückt, ein kleines Magenzwicken gar nicht beachtet und beim Autofahren schöne Musik gehört. Im Geschäft angekommen, hätte sie ihre Kollegen freundlich und herzlich gegrüßt und wäre dann auch zurück gegrüßt worden.
Verstehen sie? **Das Leben ist das Leben, aber wir machen ein gutes, oder ein schlechtes Leben daraus.**
Ist das nicht wunderbar? Sie selbst haben es in der Hand, ob sie auf einem fürchterlichen, oder aber auf

einem herrlichen Planeten wohnen. Niemand sonst. Wir sind die Gestalter unseres Lebens. **Wir bestimmen selbst, ob wir glücklich, oder unglücklich sein wollen!**
Wir können jederzeit aufhören sinnlos Rohstoffe zu verbrauchen bis nichts mehr da ist. Wir können jederzeit aufhören doppelt so viel $CO_2$ in die Umwelt zu pusten wie unsere Gewässer und Wälder aufnehmen können. Die Klimakatastrophe muss nicht kommen, wir müssen nicht in wenigen Jahren vor einem ausgeplünderten Planeten stehen, der von gewaltigen Unwettern und Überschwemmungen heimgesucht wird. Unsere Kinder können eine Zukunft haben! Sie haben das in der Hand.
**Wir haben die Wahl!**
Sie erinnern sich vielleicht: **Wir glauben nicht was wir sehen, sondern wir sehen was wir glauben!**
**Wenn wir also anfangen zu glauben, dass wir die Wahl haben,** dass all diese Katastrophen nicht eintreten müssen, wenn wir anfangen zu **glauben,** dass wir **zusammen** den besten Planeten aller Zeiten erschaffen können, **dann werden wir auch sehen, wie das zu machen ist!**
So einfach ist das:
**Glauben sie an die Idee, dass wir den Planeten und uns retten können und handeln sie danach und sie werden den Planeten retten!**
**Unser Glaube versetzt Berge!**
„Der Wille (des Menschen) jedoch vermag alles. Doch wo der Wille nicht hinführt, da führt der Glaube hin."
(Bibel)
*Wir glauben nicht was wir sehen, wir sehen, was wir glauben!*

*Wer denkt er kann, der kann!"*
17. Januar 2004. (15 Jahre nach 1989).

Ich bin ein Schauspieler.
Pause.
Wir stehen vor einem Buffet, auf dem es Kaffee und belegte Brötchen gibt.
Josef: „Ich weigere mich zu glauben, dass sich das menschliche Leben derart reduzieren lässt! Ich glaube fest daran, dass ich alles in einem Moment ändern kann!"
Ich: „Du meinst dass es möglich ist, statt ein Automatenmensch zu sein, so etwas wie Nietzsches „Übermensch" zu werden, ein Mensch, der seine Automatismen zwar hat, aber jederzeit Herr über sie ist?"
Etwa 200 Menschen stehen in dem Foyer des Luxushotels in dem es aussieht, als ob frischer Schnee gefallen wäre. Weiße Wände, weiße Tischdecken, auf denen weiße Teller stehen. Die Bedienungen weiß, auch wenn die Röcke die sie anhaben schwarz sind. Weiße Servietten, weiße, glänzende Marmorfliesen. Nur die Teilnehmer des Kurses sind nicht weiß. Sie wirken sogar fast ein wenig schmutzig, wie getaute Stellen in einer ansonsten geschlossenen Schneedecke.
Auch die Fensterkreuze durch die man nach draußen sehen kann sind weiß. Es stehen Bäume davor und ich denke, dass diese Bäume im Sommer das Glas mit einem prächtigen Grün ausfüllen, aber jetzt sind es nur schwarze Äste, die regennass, fast ein wenig drohend vor den Fenstern auf und ab schaukeln.
Der Kaffee in der weißen Tasse, mit ihrem weißen Unterteller, ist gut und stark.
„Das Leben ist nie reduziert", sage ich, „wir sind es."

„Es ist einfach nur eine Welt", sagt Claudia. „Und das hier ist nur ein winziger Ausschnitt von dem, was es wirklich zu sehen gäbe!"
Die Bedienungen huschen zwischen den Gästen hin und her und sorgen dafür, dass das Buffet aufgefüllt wird. Die Äste vor den Fenstern schaukeln drohend im Wind.
Josef hebt den Arm und eine von ihnen, ein junges, hübsches, blondes Ding kommt mit anmutigen, aber geschäftigen Bewegungen auf ihn zugeeilt.
„Sie wünschen?"
„Nur eine Auskunft", sagt Josef.
„Bitteschön?"
Die Augen der Bedienung sind braun. Eigentlich hätte ich sie bei ihrer Haarfarbe blau erwartet, aber sie sind definitiv braun.
„Wie lange arbeiten sie schon in diesem Hotel?"
Es sind schöne Rehaugen die uns jetzt mustern.
„Drei Jahre, der Herr."
„Jeden Tag?"
„Jeden Tag", sagt die Bedienung, „außer Montag, da habe ich normalerweise frei."
„Gefällt ihnen ihr Leben?"
Die Bedienung hebt fragend die Augen. „Schon wieder so ein Pseudophilosoph", denkt sie. „Jedes Mal wenn sie diese Kurse machen, stellen sie einem diese Fragen! Aber es ist ein hübscher Pseudophilosoph, also werde ich noch ein wenig antworten."
„Ja", sagt die rehäugige Bedienung, „es gefällt mir."
Sie denkt dabei an ihren kleinen, blonden Jungen, der jetzt in einem Ganztagskindergarten ist und vermutlich mit seinen Kameraden singt, bastelt oder spielt und sie lächelt ein wenig.

„Tagein, tagaus zu bedienen gefällt ihnen?", fragt Josef.
„Ja es gefällt mir!"
„Er hat keine Kinder", denkt sie ein wenig enttäuscht, „sonst würde er nicht solche Fragen stellen. Ich bin mindestens fünf Jahre jünger als er, aber ich weiß wofür ich lebe!"
„Und davor", fragt Josef, was haben sie davor gemacht?"
„Ich war Zuhause und habe mich um meinen Jungen gekümmert."
„Und habe lernen müssen allein zurecht zu kommen", denkt die rehäugige, blonde Bedienung. „Nachdem mich Rolf im siebten Monat verlassen hat, weil er mit der Situation nicht klar gekommen ist und weil er Monika kennen gelernt hat, die nicht schwanger war! Dabei hatte er einen so seriösen und sympathischen Eindruck gemacht. Meine Eltern waren ganz begeistert von ihm. Ein angehender Rechtsanwalt als Schwiegersohn, das hätte ihnen gefallen!"
Die anderen Fragen kennt die Bedienung schon. „Wie alt ist er, was macht er wenn sie arbeiten, sind sie verheiratet und so weiter." Sie gedenkt das Ganze abzukürzen und das nicht nur, weil die Chefin ein bisschen genervt zu ihr herüber sieht.
„Mein Sohn ist fünf Jahre alt, sein Vater hat mich verlassen, als ich im siebenten Monat war und nein, ich bin in keiner festen Beziehung und jetzt entschuldigen sie", sagt die Bedienung. „Ich muss mich um die anderen Gäste kümmern."
„Einen Moment noch", sagt Josef. „Ich würde gerne ihr Mann und auch der Vater ihres Jungen sein!"
Die Bedienung sieht ihn an. Ihre Rehaugen werden dunkel. „Das ist kein schöner Scherz, mein Herr", sagt

sie. „Schon wieder einer der mich ins Bett zerren will!",
denkt sie und sieht dem Jungen in die Augen.
„Andererseits, diese Augen", denkt sie, „die sind so
traurig, so ernsthaft, vielleicht meint er das so? Unsinn!",
schimpft sie mit sich selbst, „so etwas gibt es nur im
Märchen!", aber der Junge gefällt ihr und deshalb bleibt
sie noch einen Moment stehen.
„Ich meine das ernst", sagt Josef. „Sie brauchen nur ja zu
sagen."
„Das passiert doch jetzt nicht wirklich?", denkt die
Bedienung. „So etwas kann doch nicht ernst gemeint
sein, nicht seriös!"
„Sie kennen mich doch gar nicht", wirft sie ein und gibt
damit zu, dass sie sein Angebot in Erwägung zieht.
„Nein", antwortet Josef, „ich kenne sie nicht, aber sie
haben den Vater ihres Kindes gekannt und das hat auch
nichts gebracht, oder?"
„Hat es nicht", gibt sie zu.
„Na also", sagt Josef. „Sagen sie ja!"
Er gefällt ihr. Groß, breitschultrig, braune Augen,
freundlich und er riecht so gut! Die Frauen warten
bestimmt an jeder Ecke auf ihn. Und nun - ausgerechnet
sie - so ohne Umschweife, ohne das vorherige
Kennenlernen? „Andererseits, was habe ich zu
verlieren?", denkt sie, „Rolf war seriös, wir hatten uns
zuvor kennen gelernt und er hat mich trotzdem im Stich
gelassen!"
„Ja", sagt sie. „Gerne. Ich habe um 18 Uhr Schluss."

Eckeharts Vortrag:

Zusammenfassung:

Wir haben Angst vor dem Tod. Um dieser Angst zu entgehen, entwickeln wir ein Mangelbewusstsein und eine Rolle. Wir sammeln zu unserer Sicherheit alles an Informationen, was diese Rolle stützt und unseren Mangel beheben könnte. Wir bilden mit diesen Informationen Ansichten, Meinungen, Glaubenssätze und verteidigen diese mit Rechthaben. Um uns stärker, besser, schneller und klüger als... zu fühlen, versuchen wir Fehler zu vermeiden, perfekt zu sein, geben wir anderen die Schuld an unserem Elend und erfinden die entsprechenden Gründe dafür.
Wir denken jeden Tag das Gleiche, wir tun jeden Tag dasselbe und wir erzielen Jahr für Jahr mit unseren Bemühungen ähnliche, oder gleiche Ergebnisse, damit wir uns sicher fühlen können. Wir legen die Gewohnheit wie eine warme, schützende Decke über unser Leben. **Gleiches Denken, gleiches Handeln, gleiche Ergebnisse.** Der Preis den wir für diese Art der Sicherheit bezahlen, ist dass wir durch unser unangepasstes Verhalten zu Opfern (Automaten), statt zu Gestaltern des Lebens geworden sind. Wir haben uns die Möglichkeit unser eigenes Leben zu führen aus der Hand nehmen lassen. Wir sind nur noch bewusstlose Maschinen, die machen was alle machen, die tun was alle tun und es für ein Zeichen von Persönlichkeit halten, wenn sie statt eines Audis einen BMW kaufen.

Wer sich nicht selbst regiert, wird von anderen kommandiert (Bruno Neckermann).

Warum wir das trotzdem tun? Weil wir das ewig gleiche Gefühl – nämlich in unserem emotionalen Zuhause angekommen zu sein, **sicher zu sein, wie damals in „Mutters Schoß"** brauchen.

17. Januar 2004. (15 Jahre nach 1989).

Ich bin ein Schauspieler.
Es ist dunkel, als die Bedienung ins Freie tritt.
Wie jeden Abend bleibt sie einen Moment stehen und schaut über die dunklen Dächer der geparkten Autos unter ihr hinweg, die ordentlich eingereiht in den dafür vorgesehen Rechtecken stehen. Sie braucht heute dieses Gefühl von Sicherheit, da jenseits der schwarzen Mauer, die den Hinterhof umgibt ein Mann auf sie wartet. Tausend Mal hat sie es bereut „ja" gesagt zu haben, tausend Mal hat sie sich eine Närrin gescholten, weil sie sogar vergessen hatte nach seinem Namen zu fragen. Man trifft keine Namenlosen, um mit ihnen über eine Zukunft zu sprechen, die vielleicht gar nie so stattfindet. Andererseits denkt die Bedienung, habe ich genau das mein Leben lang gemacht. Gut, die Männer hatten Namen, aber die Zukunft hat noch nie so stattgefunden wie wir es besprochen haben. Aber irgendwie hat das

doch so etwas wie Sicherheit gegeben, etwas ins Nichts hinein zu fabulieren. Ein Bild, eine Vorstellung, so dass dieses schreckliche Nichts aufhörte sich nach Nichts anzufühlen.

Aber das „Jetzt" war dann immer anders gewesen. Es hatte nie etwas mit dieser in schöne Worte gekleideten Zukunft gemeinsam. Vielleicht war es ja gut, wenn es dieses Mal anders war. Sie hatten keine ins Nichts formulierte Zukunft und so konnte sie kein Bild und keine Vorstellung enttäuschen.

Es gab nur das *Jetzt* und es gab bereits eine kleine gemeinsame Vergangenheit. Das sollte fürs Erste genügen, denkt die Bedienung und steigt langsam die Eisentreppe in den Hinterhof hinab. Sie verflucht den Hausmeister, der die Beleuchtung noch immer nicht in Ordnung gebracht hat und kann sich nicht vorstellen, dass eine neue Beleuchtung teurer ist als eine neue Bedienung.

Das kleine Eisentor quietscht als sie auf die Straße hinaustritt. Jetzt muss sie nur noch um die Ecke gehen und steht dann vor dem Haupteingang des Hotels vor dem vermutlich ihr Namenloser wartet. Aber vielleicht ist er ja auch gar nicht da. Vielleicht war das alles doch nur ein übler Scherz, den sich ein Unbekannter mit ihr erlaubt hat. Die Bedienung atmet zweimal tief durch und biegt dann in die Straße zum Haupteingang ein.

17. Januar 2004. Ich bin ein Schauspieler (15 Jahre nach 1989).

Eckehart bückt sich und schaltet den Overheadprojektor ein.
„Das wären dann also im großen Ganzen die Automatismen die in unserem Verstand tagtäglich ablaufen.
Die Automatismen, die bestimmen, wie wir unser Leben führen, uns fühlen und uns sehen. Die Automatismen, die in einem Lebensumfeld wie der Steinzeit, bis ins Mittelalter hinein, alle nützlich und notwendig waren, um überleben zu können. (Bis dahin war der Mensch abhängig *von* und lebte einigermaßen *im* Einklang *mit* der Natur.
Zu diesem Zweck hatten wir unseren Verstand geschaffen und haben uns mit seiner Hilfe, bis heute, zu der vorerst erfolgreichsten Spezies auf diesem Planeten entwickelt.
Doch mit Beginn der industriellen Revolution haben sich unsere Lebensumstände drastisch verändert.
Wir leben nicht mehr *mit*, sondern *von* der Natur, die uns aber nur begrenzte Rohstoffe zur Verfügung stellen kann, die nur eine bestimmte Menge von Menschen ernähren und für sie sorgen kann, die wir im Moment mit doppelt so viel $CO_2$ bombardieren als sie in Wäldern und Meeren aufnehmen kann.
Wir sind in einer neuen Zeit angekommen **und es wird Zeit, dass wir unser Verhalten, unser Denken an die geänderten Bedingungen anpassen,** neue Automatismen entwickeln, die auch in einer veränderten Umwelt, hilfreich, statt zerstörerisch sind.

Es wird Zeit aufzuwachen!
Danken wir unserer Verstandesmaschine, dass sie uns so weit gebracht hat, **übernehmen wir die Verantwortung** für unsere völlig antiquierten Automatismen und beginnen wir wieder damit neue Überlebensstrategien in einer neuen Welt zu entwerfen. Das wäre der Weg!
Stattdessen haben diese Automatismen in der modernen Welt einen Großteil der Menschheit versklavt, so dass **sie denken sie seien ihr Verstand.** Wenn dem so wäre, dann würden wir wohl eher Maschinen gleichen, die zu einem bestimmten Zweck gebaut wurden (uns sicher von der Steinzeit, bis in die Neuzeit zu bringen), die aber in einem geänderten Umfeld (Neuzeit) nicht mehr neu zu programmieren sind und damit mit „unangepasstem Verhalten" alles zerstören, was sie bisher aufgebaut haben.
Denken sie an Goethes Zauberlehrling, der die Geister rief um ihm zu helfen die Wohnung aufzuräumen und den Waschzuber zu füllen. Diese Geister erfüllen ihren Zweck dadurch, dass sie das Gefäß voll machen. (Nützliche Geister – unser Verstand).
Aber sie machen immer weiter, der Zuber läuft über, das Haus wird überschwemmt und verzweifelt ruft der Lehrling aus: Meister, Meister, weh mir die Geister, die ich rief, die werd ich nicht mehr los!
Der Meister (der Beherrscher der Geister – der Beherrscher des Verstandes) spricht einen Zauberspruch und die Geister stellen ihre schädliche Tätigkeit ein.
Wollen wir wirklich, meine Damen und Herren, wie die Zauberlehrlinge, den Geistern, die wir gerufen haben, bei ihrer zerstörerischen Tätigkeit hilflos zusehen?

Wollen wir nicht lieber Meister sein und unserem Verstand Einhalt gebieten, ihn neu programmieren und **mit ihm** die neuen Probleme lösen? Unser Verstand kann das, auch wenn er dafür das Gefühl der Sicherheit aufgeben und die dadurch entstehende Angst ertragen muss. (Erwarten sie nicht ein Verhalten, das sie über 110.000 Jahre oder mehr entwickelt haben, ohne jegliche Probleme einfach ändern zu können!)
Aber - **sie können das bewirken** meine Damen und Herren, wenn sie sich zum Meister dieser genialen Maschine aufschwingen, statt ihr Knecht zu sein! "
Eckeharts Grafik.


Die Versklavungsscheibe:


Täglich ablaufende Automatismen, die auch ohne unsere Beteiligung ablaufen.

Spirale (von außen nach innen gelesen):

- AUS ALT MACH NEU
- GRÜNDE, FEHLER, SCHULD, PERFEKTIONISMUS, NICHT VERANTWORTLICH SEIN
- MEINUNGEN, ANSICHTEN, GLAUBENSSÄTZE, INFORMATIONSSUCHT
- WAHRHEIT, MÄRCHEN, RECHTHABEN, WIR SEHEN, WAS WIR SEHEN
- WIR GLAUBEN NICHT MEHR, WAS WIR GLAUBEN!
- ROLLE
- MANGELBEWUSSTSEIN
- ANGST VOR DEM TOD
- VERTREIBUNG AUS DEM PARADIES

November 1989. Ich bin ein Schauspieler.

Prudence liebt mich noch immer, das sehe ich. Aber sie redet nicht mehr mit mir.

In der Probe:
*(Ich bin Dr. Stuart Framingham und habe eine Sitzung mit Prudence. Ich spreche in die Gegensprechanlage):*
Stuart: „Betty du kannst den nächsten Patienten rein schicken."
Prudence tritt auf.
Stuart: „Hallo."
Prudence: „Hallo."
(Sie schaut mich nicht an. Ihr Mund ist, wenn sie nicht spricht, zusammen gekniffen und schmal. Ihr Körper, dieser wundervolle Körper steif und unbeweglich, die Hände verkrampft.
Stuart: „Was geht uns so durch den Kopf diese Woche?"
(Du hast kein Recht wütend auf mich zu sein, Prudence. Du bist mit Bruce zusammen. Was also hätte ich deiner Meinung nach tun sollen? Ins Kloster gehen und auf dich warten?)
Prudence: „Nichts."
Stuart: (*wütend*). „Verdammt noch mal! Ich habe diese Woche keine Lust, dir die Wörter einzeln aus der Nase rauszuziehen. Rede! Verdammt noch mal!"
(Ja Prudence, rede mit mir, du kannst mich doch nach einer solchen Nacht nicht einfach im Regen stehen lassen. Du liebst mich doch, das habe ich deutlich gespürt! Ich bin wütend, ich bin aufgebracht).
Regisseurin: „Verdammt gut! Nicht nachlassen!"
Prudence: „Was?"

Stuart: „Du bezahlst mich, damit ich dir zuhöre, dann rede!" Pause. „Entschuldige, bin etwas nervös."
(Warum hast du das getan Prudence? Warum hast du mir das Paradies gezeigt, wenn du nicht dort mit mir leben willst?)
Stuart: „Heute sind all meine Patienten so. Keiner sagt was. Bloß einer, der redet, aber er spricht jiddisch und ich verstehe einen Scheiß von dem was er sagt."
(Und ich verstehe die Frauen nicht, selbst wenn sie sprechen. Charlotte begehrt mich, dass es weh tut. Wir explodieren in der Nacht in Welten von einmaliger Klarheit und Reinheit. Wir können uns nicht berühren ohne sofort, egal wo und wie übereinander herzufallen. Meine Gedichte, die ich schreibe, sind, Charlotte-Gedichte, die mir, wie von selbst geschenkt werden, wenn Charlotte schläft, erschöpft und verschwitzt und doch ist es Uwe oder Peter, der sie bekommen wird. Uwe, der sie nach einer Weile wie seinen Besitz behandelt (denke ich). Achtlos, gewohnheitsmäßig. Und sie wird sich ab dort Judith nennen und die Begegnungen vergessen, die wir hatten. Nur die Sehnsucht, die wird bleiben.
Und Prudence, die aus zweien eins gemacht hat. Warum verlässt sie mich? Warum bleibt sie bei Bruce?).
Prudence: „Dann musst du ihm sagen dass du ihn nicht verstehst."
Stuart: „Erzähl mir nicht, wie ich meinen Laden zu schmeißen habe! Im Übrigen sind wir hier um über dich zu sprechen."
(Ja reden wir über dich Prudence. Ich hatte ein Leben, bevor ich Dr. Stuart Framingham wurde, ein Leben!)

Spirale (von außen nach innen gelesen):

AUS ALT MACH NEU

GRÜNDE, FEHLER, SCHULD, PERFEKTIONISMUS, NICHT VERANTWORTLICH SEIN

MEINUNGEN, ANSICHTEN, GLAUBENSSÄTZE, INFORMATIONSSUCHT

WAHRHEIT, MÄRCHEN, RECHTHABEN, WIR SEHEN) WAS WIR SEHEN

ROLLE, WIR GLAUBEN NICHT MEHR WAS WIR GLAUBEN!

MANGELBEWUSSTSEIN

ANGST VOR DEM TOD

VERTREIBUNG AUS DEM PARADIES

19. Januar 2004. (15 Jahre nach 1989).

Eckehart deutet mit einem Pointer auf die Mitte des Kreises. „Sehen wir uns zuerst einmal den inneren Ring an. Quasi die Motivation aus der alles heraus passiert, oder wenn sie so wollen, die Ursache der Geburt unserer Persönlichkeit, oder anders ausgedrückt: Des Automatenmenschen).
**Die Angst vor dem Tod gebiert die Rolle (den Automaten), diese dann das Mangelbewusstsein,** das früher dafür sorgen sollte, dass wir uns nicht auf die faule Haut legen, sondern für schlechte Zeiten vorsorgen.
Ein solches **gesundes Mangelbewusstsein** haben auch die Eichhörnchen, die aber nach einer bestimmten Menge mit dem Sammeln von Wintervorräten tatsächlich aufhören können. Die Eichhörnchen können ihr Mangelgefühl also wirklich befriedigen. Beneidenswert!

**Damit Menschen mit der Angst vor dem Tod, (zu wenig, dem Mangelbewusstsein) umgehen können, verharren sie in ihrer Rolle,** die zuerst einmal die Versorgung durch die Mutter und später dann das Überleben in der **großen, weiten Welt,** die im Wesentlichen **wie das Elternhaus** empfunden wird, sicher stellen soll.
Im Gegensatz zu Eichhörnchen haben wir jedoch nicht das Glück, je das Gefühl von „Genug" erleben zu dürfen. Vielleicht haben wir deshalb, im Gegensatz zu Eichhörnchen, immer **zu wenig. Zu wenig** Geld, **zu wenig** Macht, **zu wenig** Gesundheit und vor allem **zu wenig** Sicherheit. **Zu wenig** Liebe, **zu wenig** Besitz...
Egal wie viele Konkurrenten wir ausschalten, egal wie

groß unser Vermögen ist, wir streben unentwegt nach **mehr.**
Ein völlig sinnloses Unterfangen und egal wie wichtig sich die Menschen dabei vorkommen, so gleichen sie dabei doch den kleinen Tieren in den berühmten Hamsterrädern, die rennen und rennen, ohne dabei von der Stelle zu kommen.
So lange wir einfach nur weiter rennen, ändert sich das nicht. Vor dem Stillstand und der Ruhe jedoch haben wir Angst.
Wir haben in den Rädern zwar tolle Musik, Iphones, 3D Fernsehgeräte, Tablets und große Autos. Wir haben Alkohol und Drogen, das Internet und ab und zu gibt es auch tolle Boni und Häuser am Meer und Status und Macht.
Fakt bleibt jedoch, **dass unsere Motivation ein Mangelgefühl ist, das nie zu befriedigen sein wird,** egal wie komfortabel wir uns unsere Hamsterräder auch ausstatten. Und Fakt ist, dass man sich in einem Hamsterrad nicht von der Stelle bewegen kann, **egal ob man stärker, besser, schneller und klüger ist, oder erfolgreicher rennt, als die Konkurrenz!**

Egal wie reich wir sind, egal wie viele Erfolge wir in unserer Wettbewerbsgesellschaft aufweisen können. (Millionenprovisionen, eine Villa in der Karibik, Bossanzüge, Rolex...)
Hinter unserem durch Statussymbole (Prothesen) künstlich gesteigertem Selbstbewusstsein verbirgt sich noch immer das kleine Kind, das Angst vor dem Tod hat und seinem Schicksal durch das Befriedigen des Mangelbewusstseins zu entkommen versucht.

**Aber: Wir können dieses Mangelgefühl nicht befriedigen. niemals!** (Schade!).

Das Rennen bringt uns nicht weiter. Erfolg bringt uns nicht weiter. Satussymbole schaffen - nur eine Ersatzbefriedigung!
Wegsehen, indem wir auf TV-Bildschirme, Computerbildschirme oder Handydisplays starren ist auch keine Lösung. (Die Welt verändert sich in unserem Rücken trotzdem! Klimawandel, Rohstoffknappheit, Überbevölkerung, Wechsel von der freien Marktwirtschaft in den Sozialismus).
Was also können wir tun?
**Wir können lernen mit dem Mangelbewusstsein zurecht zu kommen,** statt uns noch mehr anzustrengen. **Lernen wir für diesen Automatismus, für dieses Programm die Verantwortung zu übernehmen.**
Steigen wir einfach aus und lassen sie uns sehen, was das Leben ansonsten noch zu bieten hat.
Holen sie tief Luft.
Ist es nicht herrlich „draußen" zu sein? Jetzt können sie es sehen: **Das was sie bisher für ihr Leben gehalten haben war ein Hamsterrad! Nicht mehr.**
Sie haben ein Hamsterrad für die Welt gehalten!
Und – sie sehen mit Schrecken, dass die Halterungen für dieses Hamsterrad bereits rostig geworden sind, dass diese bald brechen und das Rad mit all seinen Insassen dann auf ein schwarzes Loch zurasen wird, um auf ewig verschlungen zu werden."
Eckehart macht eine Pause.
„Ich will ihnen nichts vormachen meine Damen und Herren. Das Aussteigen aus einem rasenden Rad ist

schwierig – und wir müssten alle aussteigen, bevor die Halterungen brechen! - Wir werden dabei dieses riesengroße Loch in unserem Herzen – (den **Mangel**) sehr deutlich und sehr schmerzlich spüren. Wir werden aber auch sehen, wie lächerlich klein dieses Rad im Vergleich zur „wirklichen Welt" – dem „Jetzt" ist und uns wundern, wie wir uns bisher mit einer „Wenn Dann" Welt (Hamsterrad) zufrieden geben konnten.

Einen kleinen Vorschlag, **eine Aussage**, wie der Ausstieg, der Umgang mit dem Mangelbewusstsein gelingen könnte, wie wir den Schmerz, diesen Mangel etwas abmildern können, habe ich für sie:"
Eckehart nimmt einen Stift und beginnt zu schreiben:
„**Wir haben bereits alles, was wir einmal wollten!**"
Er dreht sich um.
„Stimmt das?"
Eckehart zeigt auf Herrn Schneider.
„Haben sie bereits alles was sie einmal wollten?"
Herr Schneider, der arbeitslos ist, unter Existenzängsten leidet und jeden Euro zweimal umdrehen muss, bevor er ihn ausgibt, schüttelt den Kopf.
„Nein, überhaupt nicht!"
„Wie steht es mit ihnen?", fragt er Frau Marlik.
„Das stimmt nicht", antwortet sie.
Eckehart fragt sie alle und alle verneinen seine Frage.
„Dann lassen sie mich wieder einmal ein Märchen erzählen", sagt Eckehart.
„Nehmen wir einmal an, ein Mann wünscht sich schon seit langem einen Audi A4. Er besorgt sich Kataloge, schaut sich Internetseiten an, kennt bald alle Daten des Fahrzeugs und natürlich auch den Preis auswendig und

endlich, nach einiger Zeit, hat er das Geld zusammen und kauft sich sein Traumauto.
Was für ein Gefühl! Alles riecht so neu, seine Hände gleiten über das Lederlenkrad, verzückt lauscht er dem regelmäßigen Brummen des Motors.
Dann die neue Stereoanlage, – was für ein Sound! Wenn er auf dem Hof parkt, dreht er sich dreimal um, um das Auto von allen Seiten zu betrachten. Er geht im zweiten Stock an das Fenster und schaut es sich auch von oben an. Unser Herr Müller – nennen wir ihn einmal so – ist glücklich!
Nach ein paar Wochen lässt dieses Gefühl ein wenig nach und als er eines Tages an einer Ampel hält, fährt ein Audi A6 neben ihn.
Was für ein Auto! 260 PS! Ja, wenn ich mehr Geld hätte…
Herr Müllers A4 verliert in seinen Augen an Attraktivität. In seinem Kopf taucht nun immer wieder ein Audi A6 auf und die Straße scheint plötzlich von diesen Autos nur noch so zu wimmeln.
Herr Müller seufzt und spart. Sein ehemals heiß geliebter A4 ist nur noch eine Zwischenlösung. Er besorgt sich Kataloge, schaut sich Internetseiten an, kennt bald alle Daten des Fahrzeugs und natürlich auch den Preis auswendig. Und endlich, nach einiger Zeit, hat er das Geld zusammen und kauft sich sein Traumauto. (Wenn-Dann-Welt!).
Was für ein Gefühl! Alles riecht so neu, seine Hände gleiten über das Lederlenkrad, verzückt lauscht er dem regelmäßigen Brummen des Motors. Dann die neue Stereoanlage – was für ein Sound!
Wenn er auf dem Hof parkt, dreht er sich dreimal um, um

das Auto von allen Seiten zu betrachten. Er geht im zweiten Stock an das Fenster und schaut es sich von oben an. Unser Herr Müller – nennen wir ein einmal so – ist glücklich!
Ja bis eines Tages ein Audi A8 an der Ampel neben ihm hält…".
Eckard schaut in die Runde. „Verstehen sie?" fragt er.
„Herr Müller wird auch mit seinem Audi A8 nicht lange glücklich sein. Es wird immer ein noch besseres Auto geben und das Kaufen dieses besseren Autos gebiert automatisch den Wunsch nach etwas noch besserem. Lernen wir schon einmal das Eine daraus:
**Kaufen kann uns nicht glücklich machen** – jedenfalls nicht lange.
**Kaufen ist also keine dauerhafte Lösung, um glücklich und zufrieden zu sein.**
Was kann Herr Müller stattdessen tun?"
„Sich mit dem zufrieden geben was er hat?", fragt Frau Müller, die sich wohl wegen der Namensgleichheit angesprochen fühlt. Eckeharts Teilnehmer nicken.
„Das ist mir zu wenig", antwortet er ihnen. **„Er sollte das genießen was er hat,** verstehen sie? Dieser A 4 ist das, was Herr Müller einmal wollte. Seine Aufgabe wäre es nun, sich jeden Tag dieses Auto erneut anzusehen, dieses Gefühl des ersten Tages immer wieder wachzurufen, sich immer wieder über seinen Besitz zu freuen und seine Aufmerksamkeit **auf das zu konzentrieren was er hat**, statt auf das, was er nicht hat. (Mangelgefühl).
Wie ist das bei ihnen Herr Düster? Ist nicht alles, was sie in ihrer Wohnung haben, das, was sie einmal wollten?"
„Ja, das Meiste."

„Und Herr Düster, beachten sie diese Dinge genügend? Erinnern sie sich, wie toll es war, den neuen Farbfernseher zu kaufen, wie sie sich über die Farben, die vielen Programme, das Design gefreut haben? Sind die Farben schlechter geworden, gibt es weniger Programme?"
„Nein", erklärt Herr Düster.
„Und warum freuen sie sich nicht mehr darüber wie am ersten Tag?"
„Weil ich von einem 3D Fernseher träume?"
(Den Blick auf das zu richten was sie nicht haben, weckt ihr Mangelgefühl auf).
Eckehart nickt. „Und wird sie dieser 3D Fernseher länger als ein paar Wochen glücklich machen?"
„So wie es aussieht wohl eher nicht", gibt Herr Düster zurück.
„Und was können sie tun?", bohrt Eckhardt nach.
„Den Fernseher, den ich habe wieder richtig anschauen, mich darüber freuen seinen Besitz genießen!"
„Sie haben es verstanden", nickt Eckehart befriedigt."
Gehen sie heute alle in ihre Wohnungen, machen sie die Augen auf. Dort stehen lauter Dinge die sie einmal wollten und die ihnen dauerhaft das Glück bescheren können, die ihnen *neue* Dinge nur kurzfristig geben können. Genießen sie das Jetzt, **das was ist**, statt den Blick auf das zu richten, was sie nicht haben (das was nicht ist) und damit ihren Mangelautomatismus auf den Plan zu rufen.
**Glück ist also keine Frage der Dinge die sie nicht haben, sondern Glück ist eine Frage, wie sie mit den Dingen umgehen, die sie haben!**
Wenn sie das tun, reicht ihnen vielleicht sogar *ein* Auto

ihr ganzes Leben lang. Nur *ein* Farbfernseher. Sie würden ihre Wohnungseinrichtung erst neu kaufen, wenn die Alte aus dem Leim geht. Sie hätten damit auch die Verantwortung für ihre Gefühle übernommen, ja, für die ganze Welt, da sie, obwohl glücklich, viel weniger Ressourcen verbrauchen würden.
Sie hätten den Fokus ihres Daseins auf das gerichtet, was sie haben, (auf das **was ist**), statt auf das, was sie nicht haben! (das was nicht ist).

Dieses Verhalten könnte sogar dafür sorgen, dass ihre Kinder und Kindeskinder noch eine Zukunft haben!
Nicht neue Dinge können sie dauerhaft glücklich machen (da dies, wie gesagt nur noch kurz funktioniert), sondern **ihre Einstellung zu den Dingen, die sie schon *haben*.**
**Zum ersten Mal wäre das Glück also nur von ihnen allein abhängig und nicht von irgendwelchen äußeren Umständen oder gar Dingen!**
Denken sie also daran: **Sie haben bereits alles, was sie einmal wollten!**
In Hellboy 2 lässt der Regisseur den Sohn des Elfenkönigs sagen: „Die Menschen werden mit einem riesigen Loch im Herzen geboren, das durch nichts ausgefüllt werden kann. Dieses Loch ist schuld an Kriegen, Morden, Rücksichtslosigkeit gegenüber der Natur und all den Gräueltaten die sie je begangen haben."
Eckehart lächelt.
„Da hat er Recht. Dieses Loch im Herzen, – das Mangelgefühl – ist durch nichts auszufüllen. Selbst der reichste und mächtigste Mann wird es noch haben.
**Aber wir können die Verantwortung für dieses Gefühl**

**und die daraus resultierenden Mechanismen übernehmen und dafür sorgen, dass dieses Loch im Herzen nicht die gesamte Menschheit vernichtet. Wir haben bereits alles, was wir einmal wollten!"**
Jetzt:

Haben sie schon einmal Getreidefelder, über die ein sanfter Wind strich gesehen?
Ein goldenes Meer! Das Meer, das Meer!
Und dann der knallrote Mohn zwischen all den wogenden Halmen! Inseln auf denen wir leben, oder Planeten in einem Weltall das kommt und vergeht.
Keine Blume der Welt kann die Sonne so einfangen wie der Mohn das tut. Der rote Mohn!
Ein Augenblick in dem alles da ist! Niemand braucht mehr, als ein Getreidefeld im Wind, um das Leben zu verstehen.
Ich bin wieder bei meinen Verwandten auf dem Bauernhof, wie so oft.

Sommer, Ferien. (Ich bin 14 Jahre alt).

„Wir sollten das Korn einbringen", sagt der Chef, den ich zum Klang indischer Mantras, vor meinem geistigen Auge sehe.
Ich liege in einem dunklen Raum.
Neben mir eine hübsche, junge Lehrerin, Hauptschule.
Wir liegen ausgestreckt auf dem Rücken. Abgedeckt. Die Luft voller orientalischer Gerüche. Traumreise!
„Ja schon", sagt Bernhard, „aber das Unkraut ist viel zu hoch. Wir müssen mit dem Traktor mähen, mit den Heugabeln mehrfach wenden und so das Getreide vom

Unkraut trennen!"
Ein paar Stunden später weiß ich, was das bedeutet.
Alle sind auf dem Feld, auch Großvater, der inzwischen die 90 überschritten hat und wir schaufeln und wenden die Gerste, was das Zeug hält.
Es ist brütend heiß und Tante Hedel bringt uns immer wieder das Trinken in schweren Steinkrügen auf das Feld.
Längst habe ich es aufgegeben mich zu kratzen, wenn es auf dem Rücken juckt. Längst schimpfe ich nicht mehr auf die mit kleinen, klebrigen Fäden versehenen Gerstenhalme, deren Berührung auf nackter Haut nicht von Mückenstichen zu unterscheiden ist. Einen Schritt vor den anderen. Eine Gabel nach der anderen. Die Blasen auf den Handflächen schmerzen. Aber da mich Großvater, der eindeutig über die bessere Technik verfügt, schon wieder überrundet hat, gebe ich natürlich nicht auf. Der Mann ist 90 Jahre alt!
Am Abend sitzen wir wieder in der Stube und reden nicht viel, aber ich weiß, ich bin ein Teil von ihnen und sie sind froh, dass ich ihnen geholfen habe.
Ich spiele noch ein bisschen mit den Hunden, bevor ich ins Bett gehe, um vollkommen erledigt sofort einzuschlafen.
Ich liege in einem dunklen Raum. Neben mir eine hübsche junge Lehrerin, Hauptschule. Wir liegen ausgestreckt auf dem Rücken. Abgedeckt. Die Luft voller orientalischer Gerüche und ich komme aus meiner Vergangenheit zurück und bin kein Bauer geworden, sondern Schauspieler.

19. Januar 2004. (15 Jahre nach 1989).

Eckehart: „Wie sieht die Alternative aus? Was passiert, oder ist passiert, wenn wir die Verantwortung für dieses Loch in unserem Herzen *nicht übernehmen* und einfach so weiter machen wie bisher? (Wir bleiben in unserem Hamsterrad).

Ich will ihnen ein Märchen erzählen, das so, irgendwo auf der Welt stattfindet **und die direkten Folgen dieses Mangelbewusstseins für unsere Gesellschaft und unser Zusammenleben aufzeigt.**
Ich will ihnen zeigen, wie eine Gesellschaft zwangsläufig aussieht, in der die Menschen einfach nur noch nach den bereits bekannten Mechanismen funktionieren." (Die Automatenwelt).

Eckehart holt tief Luft.
„Wie jeder weiß, gibt es neben unserem normalen Universum noch ein Paralleluniversum. Und wie jedes Kind schon in der Schule lernt, gibt es dort ein paralleles Sonnensystem, mit einer parallelen Sonne, einem parallelen Mond und einer parallelen Erde. Alles ist genau wie bei uns – nur eben parallel.
Natürlich wohnen auf der Parallelerde auch Parallelmenschen und sie tun das, genau wie bei uns. Es gibt dort also auch Regierungen und Parlamentarier, (Parallelmentarier natürlich), Politiker, reichere und ärmere Menschen. Meere die fast leer gefischt sind, eine Biosphäre die sich immer mehr aufheizt, Atomkraftwerke die jederzeit in dicht besiedelten Gegenden explodieren können und dann Millionen Menschen verseuchen und

ganze Landstriche unbewohnbar machen.
Und es gibt begrenzte Rohstoffe, die immer schneller und schneller verbraucht werden. Im Durchschnitt gibt es viele Dutzend Kriege im Jahr in denen rauschgiftabhängige Kinder Soldaten sind, denen man einfach die Seele stahl und die mitleidlos alles abschlachten, was ihnen in die Quere kommt.
Regenfälle überfluten ganze Länder (was von der überhitzten parallelen Biosphäre kommt), Wirbelstürme zerstören ganze Städte. Gewaltige Unwetter mit tennisballgroßen Hagelkörnern zerstören Autos, Dächer und die Ernten. Alle zehn Sekunden stirbt jemand an Hunger. Religiöse Menschen glauben nur in den Himmel zu kommen, wenn sie andere parallel dazu umbringen, was ja auch verständlich ist, wenn man in einem Paralleluniversum auf einer parallelen Erde in einem parallelen Sonnensystem lebt.
Auf dieser Parallelerde gibt es zwei Arten von Ländern. Jene die reich sind und solche die arm sind. Wir wollen uns in unserer Geschichte nur um die reichen Länder kümmern, denn glauben sie mir, auf der parallelen Erde kümmert sich auch niemand um die anderen, auch wenn die versuchen, sich in das allgemeine Gedächtnis zu bomben, was natürlich völlig unzivilisiert ist!
Auf dieser parallelen Erde gibt es nun ein Land, das die parallelen Menschen Umala nennen. Das war ein glückliches Land in dem es Werte wie Freiheit und Gleichheit gab.
Bis 1980 war das Vermögen in diesem Land auch ziemlich gleich verteilt, und eine Regierung, **die aus allen Teilen der Bevölkerung bestand**, sorgte mit Regeln und Beschränkungen auf dem Aktienmarkt auch

dafür, dass es so blieb.
Dann jedoch, 1986 wurde eine Regierung gewählt, **die hauptsächlich aus der so genannten Oberschicht bestand**, (weil sich der Normalbürger die immer teurer werdenden Wahlkämpfe nicht mehr leisten konnte und ab sofort damit nicht mehr im Parlament und der Regierung vertreten war.)
Diese Oberschicht nun hatte natürlich die Interessen der eigenen Klasse etwas mehr im Fokus als das Wohl des eigenen Landes.
Nicht dass sie von vornherein schlechte Absichten gehabt hätten, aber es war auch klar, dass sie nicht gegen die vitalen Interessen ihrer eigenen Familien handeln würden.
Und diese vitalen Interessen sind auf der ganzen Welt gleich: Die Beseitigung des Mangels durch **mehr** Macht, **mehr** Reichtum, **mehr** Sicherheit, **mehr** Gesundheit, **mehr** Liebe, **mehr** Luxus, **mehr** und noch größere Autos, Häuser, Schlösser, **mehr, mehr, mehr...**
Also beseitigten diese Politiker konsequent alle Hindernisse, die den so genannten, freien Fluss des Kapitals auf den Weltmärkten behinderte und wurden nun endgültig global.
Das Spekulieren wurde dadurch natürlich viel einfacher, aber die Menge des Geldes reichte einfach immer noch nicht aus, um **riesige** Gewinne machen zu können.
Denn es gab noch ein so genanntes Trennbankensystem, das verhinderte, dass Banken mit dem Geld einfacher Sparer spekulieren konnten. Dies hatte man 1929 eingeführt, als damals, unsinnige Spekulationen, die zu einer Vermögensanhäufung bei einer sehr kleinen Schicht der Bevölkerung führte, (etwa

5 % besaßen zirka 85 % des Landesvermögens), zu einer Weltwirtschaftskrise geführt hatten. **(Übrigens fast jede bisher bekannte Zivilisation ist genau daran kaputt gegangen, dass eine kleine Minderheit das gesamte Vermögen besaß).**
Dieses Trennbankensystem begrenzte also das zur Verfügung stehende freie Kapital auf der Welt und war ein Garant dafür, dass Spekulation und Vermögensanhäufungen nicht zu einer Überhitzung des Systems führten.
Leider waren die Parlamente der Welt jedoch nicht in der Lage diese äußerst sinnvolle Maßnahme richtig einzuschätzen und hoben eines wie das andere diese Regelung auf, so dass jetzt auch dieses Kapital (der Sparer) für Spekulationen zur Verfügung stand. (Wozu dient Geschichte, wenn wir nichts daraus lernen?).
Nachdem dieser Damm erst einmal gebrochen war, ging alles ganz schnell.
Die Regierungen erlaubten es, Kredite in verbriefter Form völlig unreguliert weiterzugeben. Der Spitzensteuersatz für gut Verdienende wurde von 70 auf 28 % gesenkt. Und 1995 gar, während der so genannten Melixkokrise, in der zum ersten Mal die fatalen Folgen dieser überhitzten Wirtschaft deutlich wurden, bezahlte man den so genannten Anlegern, die sich verspekuliert hatten, das verlorene Geld zurück. (Was das Ende der freien Marktwirtschaft bedeutete).
Um das für Nichtwirtschaftler zu verdeutlichen: Das war ungefähr so, als hätten sie ein Spielcasino besucht, riesige Verluste gemacht und alle Menschen ihres Landes (Staat) hätten nun, obwohl bereits selbst hoch verschuldet, (Staatsschulden) noch mehr Kredite

aufgenommen, um ihnen das verlorene Geld zurück zu geben.
Natürlich wären sie dann sofort wieder in das Casino gegangen und hätten weiter gespielt.
Übrigens: Den Gewinn dürfen sie natürlich behalten und wer ihre zukünftigen Verluste, egal wie hoch, bezahlen wird, wissen sie ja nun auch!
All diese Maßnahmen (1995 Melixkokrise) hatten mehrere Auswirkungen, die den Tod der freien Marktwirtschaft und den Tod einer gesunden Finanzwirtschaft zur Folge hatten.
Der Staat hielt Anleger und Unternehmen (hauptsächlich Banken) am Leben, die eigentlich Konkurs waren.
Marode Unternehmen behindern aber die Erneuerung des Systems durch frische, lebensfähige Firmen und Lösungen, die sich in der freien Marktwirtschaft fast zwangsläufig in entstehende Nischen hinein entwickeln.
Außerdem ist eine staatsgesteuerte Wirtschaft keine freie Marktwirtschaft mehr, sondern Sozialismus.
Was heißt, dass 1995 das einzig (unendliche Rohstoffe vorausgesetzt) funktionierende System (freie Marktwirtschaft) durch ein erwiesenermaßen nicht funktionierendes System (Sozialismus, Staatseinmischung), ersetzt wurde. (Ziemlich dumm!)
Zweitens: Da der Staat für die Verluste der maroden Firmen (hauptsächlich Banken) aufkommen musste, blieben zwar diese Firmen gleich vermögend, der Staat hingegen wurde dadurch immer ärmer. (Noch dümmer!)
Etwas härter formuliert, der Staat hatte gerade begonnen zu einer Auffanggesellschaft für gescheiterte, pleite gegangene Firmen zu werden und sich durch Überschuldung selbst abzuschaffen.

Das bekamen seine Bürger natürlich als Erste zu spüren. Eine der Maßnahmen die getroffen wurden, war das teilweise Privatisieren der Rente.
Der Staat glaubte, dadurch ein Problem gelöst zu haben, schuf aber in Wirklichkeit ein noch viel größeres, neues Problem:
Diese Maßnahme bewirkte, dass Billionen von Dollars angelegt werden wollten. (Die Menschen legten ihre Ersparnisse nun in Versicherungen, Kapitalgesellschaften und Rentenversicherungen an), was einen ungeheureren Druck für die Finanz- und Anlagenmärkte bedeutete, denn das Geld bekamen natürlich nur Gesellschaften mit hoher Rendite!
Zweistellige Gewinne wurden von den Firmen erwartet und mussten erwirtschaftet werden. Sonst ging das anzulegende Kapital (der Kleinanleger, Bürger) zur Konkurrenz.
Dies war nur durch Arbeitsplatzabbau, Kürzung von Sozialleistungen, staatlichen Subventionen, der Verlagerung von Arbeitsplätzen in Billiglohnländer und Ausbeutung von Drittländern möglich. (Was wiederum heißt, dass viele Menschen, um ihre Sicherheit bemüht, quasi ihren eigenen Arbeitsplatz vernichteten).
Damit in hoch riskante Hedgefonds investiert werden konnte, wurde auf die Regulierung dieser Papiere vollkommen verzichtet.
Das Ergebnis dieser Maßnahmen (Aufhebung des Trennbankensystems, Privatisierung der Rente, Hedgefonds und ähnliche Papiere) war, dass sich das Bruttosozialprodukt aller Länder **in 26 Jahren** verfünffachte.
Und es bedeutete, dass in Umala 7% der Bevölkerung

80% des Gesamtvermögens des Landes besaßen. Von diesen 7% konnten nur **3%** als wirklich reich bezeichnet werden. (Weltwirtschaftskrise 1929! 5 % besaßen 85 % des Landesvermögens, es gab kein Trennbankensystem!). Die Geschichte wiederholt sich gerade und wir haben noch immer nichts aus ihr gelernt! Die Staaten verschuldeten sich immer mehr, die Steuern und Abgaben stiegen und da die Firmen ihre Gewinne in Ländern mit niedrigen Steuern realisierten, ihre Verluste jedoch in ihrem Heimatland machten, mussten diese Steuern und Abgaben von der ärmeren Bevölkerung, die in ihrer Gesamtheit nur noch 20% des Landesvermögens besaßen, erbracht werden. (Von einem verdienten Euro/Dollar blieben den Bürgern noch 20 Cents zur freien Verfügung!).
Straßen wurden nicht mehr repariert, Studenten mussten jetzt für ihr Studium (in einigen Ländern) ganz oder teilweise selbst bezahlen, oder zuzahlen. Kranke mussten selbst immer mehr Kosten ihrer Behandlung übernehmen, Rentner erhielten immer weniger Geld und mussten Sozialhilfe beantragen, obwohl sie ihr ganzes Leben lang geschuftet hatten, die Arbeiter und Angestellten mussten länger arbeiten und arbeitslose Menschen wurden als faul bezeichnet und systematisch diffamiert, damit man ihnen immer weniger bezahlen musste.
Selbstverständlich wurde nirgends erwähnt, wie viele Milliarden dem Staat durch die Absenkung des Spitzensteuersatzes, durch Schwarzgeldkonten, oder durch legale Steuerhinterziehungen und die Globalisierung verloren gingen, denn dann hätte ja niemand mehr auf die faulen Arbeitslosen, Rentner,

Studenten und Kranke gezeigt, sondern den Finger in eine vielleicht ganz andere Richtung ausgestreckt!
Nirgends wurde auch erwähnt, wie wenig der Staat selbst vom Geldanlegen verstand (Renten- und Sozialversicherungsbeiträge) und dass zwar überall Leistungen gekürzt, die Diäten der Politiker aber ständig erhöht wurden. (2014 waren es weitere 10 %. Wo blieb hier eigentlich die Eigenverantwortung?).
Ausgerechnet in dieser Situation kollabierte einige Jahre später der Finanzmarkt, weil, wie ich bereits erwähnte, die Finanzspekulationen immer riskanter geworden waren. (Warum hätte man sich auch zurückhalten sollen? Seit 1995 wusste man ja in Unternehmerkreisen und der Finanzwirtschaft, dass Gewinne privatisiert und Verluste sozialisiert werden konnten.)
Normalerweise hätte nun wieder einmal alle, die sich an solchen Geschäften beteiligt hatten, ihr Geld verloren, was auch nur gerecht gewesen wäre. (Spielcasino).
Die Gesellschaft in Parallel – Umala wäre wieder in den Zustand zwischen 1929 und 1980 zurückgekehrt, in dem es eine annähernd gleiche Vermögensverteilung und ein Parlament gegeben hätte, in dem wieder die Interessen der gesamten Bevölkerung vertreten worden wären.
Aber wie gesagt, die Regierungen bestanden ja fast ausschließlich aus dieser Oberschicht, so dass diese Oberschicht ganz schnell die Schulden von vielen Milliarden Dollar/Euros, kurzerhand wiederum der „armen Bevölkerung" übergab, mit der Bitte, diese unter Aufbringung aller Kräfte zu bezahlen, sonst würden sie schon sehen, was sie davon hätten.
Gelder, die vorher angeblich weder für den Klimaschutz, für verhungernde Kinder auf der ganzen Welt, noch für

Studenten, Arbeitslose, Kranke oder Rentner da gewesen waren, wurden aufgebracht, nur um den Anlegern ihr Geld zu sichern, damit sie weiterhin spekulieren konnten.
Natürlich war damit nun noch weniger Geld bei den 80% der Bevölkerung und deren Regierungen, die ja nur 20% des Vermögens besaßen, da. Also wurden die Krankheitskosten noch höher, weil der Staat die Kosten auf die Bürger abwälzte, die Renten noch niedriger, die Studiengebühren wurden erhöht und die Arbeitslosen wurden noch fauler, was mit noch weniger Geld bestraft wurde.
Um eine solche, weitere Krise zu verhindern wurde danach – nichts – getan. (Warum auch? Wenn es wieder so weit war, wusste man ja nun, wem man die Schulden übergeben konnte!)
Und so spekulierten die Anleger in diesem Paralleluniversum munter weiter.

Schon jetzt benötigt jeder achte Umalaner die tägliche Armenspeisung und jedes vierte Kind in diesem Volk ebenfalls.
Ganz nebenbei bekamen auch immer weniger Jugendliche einen Arbeitsplatz, so dass es Länder gab, in denen die Jugendarbeitslosigkeit 65 % und mehr erreichte.
Dass dies früher oder später zu enormen, sozialen Spannungen führen würde, wurde bis es soweit war erfolgreich verdrängt.
Ich bin froh, nicht in diesem Paralleluniversum zu leben und froh, dass diese Geschichte natürlich nur eine Fiktion ist! Und natürlich unterscheidet sich der Mensch von Lemmingen! Und Geschichten wie die der Untergang des

römischen Reiches, oder die Weltwirtschaftskrise 1929 oder 2008 wiederholen sich natürlich nicht!?"
Eckehart macht eine Pause.
„Ich denke sie haben nun alle begriffen, was dieser Defekt, **dieses Mangelbewusstsein** auf unsere Erde anrichtet!"



November 89. Charlotte. Ich bin ein Schauspieler.

Ich gehe durch Nebel. Grauen Morgennebel, der sich wie ein feines Netz auf meine nachtmüde Haut legt, Tropfenuniversen auf die Windschutzscheibe zaubert und sie mit alten Gummis der Scheibenwischer zu Nebelgalaxien verzieht. Farbverschluckte graue und schwarze Wälder, in denen rote Büsche im Unterholz leuchten. Ich gehe durch all das hindurch, fahre durch Täler die golden und nass glänzen und wo nur die Spitzen der Bäume aus den Wolken schauen. All das, nur um sie zu sehen.
Wärme, Heizungsluft, ein Café.
Eine weiß geschürzte Bedingung, die geschäftig eilt, um Kaffee und Brötchen und auch Kuchen zu verteilen. Wir sitzen im Nebenraum allein und Judith sieht mich nicht an. Ein runder Tisch zwischen uns, zwei Stahlrohrstühle und Judith in das Geschäumte ihres Kaffees versunken.
„Ich kenne Judith nicht", sagt Judith ohne aufzuschauen.
„Ich bin Charlotte, vielleicht verwechselst du mich?"

Ich bin durch Nebel gegangen. Grauen Morgennebel, um Judith zu treffen und nicht um Charlotte zu sehen.
„Judith", sage ich, aber Judith schweigt.
Vor den großen Caféhausfenstern fällt Schnee. Schwarze Gestalten, geduckt, mit Schirmen oder Büchern auf dem Kopf, eilen vorbei. Inseln aus Licht in unserem Café und draußen Schnee und Nässe und Dunkelheit.
„Ich weiß, dass Peter oder Fred oder wie er auch immer heißen mag, zurückkommt. Was wird dann aus uns?", frage ich sie.
Charlotte schaut mich an. Ein schönes ovales Gesicht mit strahlend blauen Augen, bei denen neben der Iris ein Punkt schwimmt.
„Und *der* kommt zurück?", fragt Charlotte nun ganz Dr. Charlotte Wallace in ihrem Element.
„Ja."
„Und war dir das nicht von Anfang an klar?"
„Doch schon…"
„Na also", sagt Charlotte, „wo ist dann das Problem?"
„Ich habe mich verliebt."
Charlotte schaut mich an. „In wen?"
„In Judith", antworte ich.
„Du kennst Judith überhaupt nicht", sagt Charlotte. „Wie kannst du dann in sie verliebt sein?"
„Ich kenne Judith", erwidere ich trotzig. „Ich habe sie gesehen!"
„Beruf?"
"Bitte?"
Dr. Charlotte Wallace seufzt. "Der Beruf von Judith", präzisiert sie dann.
„Schauspielerin."
„Alter?"

„So um die 30."
„Falsch. Hobbys?"
„Ich weiß nicht."
„Wie heißen die Eltern?"
„Ich weiß nicht."
„Geschwister?"
„Keine Ahnung!"
Dr. Charlotte Wallace seufzt. „Du kennst sie also kein bisschen Stui!"
„Dann will ich mit Charlotte zusammenbleiben!"
„Stui", sagt Charlotte und ihre Stimme ist zärtlich. Ihre Augen leuchten wie Sterne unter all den Inseln aus Licht.
„Wir sind nicht real, wir kommen aus einem Buch!"
„Hat dir das alles denn gar nichts bedeutet?"
Charlotte steht auf, nimmt ihren Stuhl und stellt ihn neben mich. Dann sitzen wir eng umschlungen.
„Ich war noch nie so glücklich", flüstert Charlotte, „aber unsere Geschichte ist bald zu Ende."
Judith wird mich also wieder in ein Regal zurückstellen und mit Peter nach Australien gehen, so wie es von Anfang an geplant war und Dr. Charlotte Wallace wird ebenso in diesem Bücherboard verschwinden, wie Dr. Stuart Framingham. Das ist unser Schicksal.

20. Januar 2004. (15 Jahre nach 1989).

Eckehart:
Noch eine Geschichte, die so natürlich nie passiert ist:
„Nehmen wir einmal an, wir alle leben in einem Fischerdorf, das bisher völlig abgeschieden von der Zivilisation war. Wir haben gefischt, um überleben zu können, wir haben Fisch gedörrt, gesalzen und eingelegt, damit wir auch in einem schlechten Jahr nicht verhungern. (Sinnvolles Mangelbewusstsein!). Das Meer hat uns ernährt und da wir nur unseren eigenen Bedarf herausholten, konnten sich die Fischbestände auch immer wieder regenerieren.
Eines Tages brachte ein Mann einen Fernseher, eine Autobatterie und eine Antenne mit in unser Dorf. Nach anfänglichem Misstrauen fingen wir an, uns in der Dorfschenke zu treffen und über den kleinen Fernseher die große, weite Welt zu erkunden. Wir sahen Krankenhäuser, in denen man seine Angehörigen, oder sich selbst behandeln lassen konnte. Autos, von denen wir bisher nur gehört hatten, Geräte aus denen auf Knopfdruck Musik kam. Noch viel größere Fernseher als den kleinen Apparat in der Dorfschenke. Elektrischen Strom, Badewannen, warmes Wasser das aus Hähnen floss und bald war uns klar, wie arm und rückständig wir waren.
Es mangelte uns quasi an allem, was einen modernen Menschen ausmachte!
Doch wie sollten wir das ändern? Geld, das man offensichtlich dazu brauchte, um diese Dinge zu erwerben, hatten wir nicht, also mussten wir welches verdienen!

Die Lösung war einfach: Wir fingen damit an, mehr Fische zu fangen als wir für unseren eigenen Bedarf brauchten, um auch anderen unseren Fisch zu verkaufen.

Jetzt endlich konnten auch wir Auto fahren, uns schöne Kleider und Schmuck kaufen. Endlich gab es auch bei uns elektrischen Strom und 3D-Farbfernsehgeräte. Wir bauten neue Häuser mit Badewannen, ein Theater, neue Schulen.
Aber es war wie verhext. Sobald jemand eine Stereoanlage kaufte, gab es ein paar Wochen später schon wieder eine Neue, viel bessere. Mit den Autos war es das Gleiche. Die neue Kleidung hielt nicht mehr so lange wie die alte und alles kostete und kostete.
Auch unsere Kinder meldeten nun Ansprüche an, ebenso unsere Frauen und in unserem Dorf, in dem es noch vor kurzem ruhig und besinnlich zugegangen war, herrschte jetzt Hektik und die Betriebsamkeit die üblich ist, wenn man sich daran macht immer mehr Geld zu verdienen, um immer mehr Dinge zu kaufen.
Wie die Verrückten begannen wir nun Fische zu fangen und sie nach überall hin zu liefern. Wir kauften größere Boote wenn der Fisch in Ufernähe ausblieb, fischten mit großen Netzen nun auch die Jungtiere und – standen plötzlich vor einem leergefischten Meer!
Aus der Traum von Reichtum und Sicherheit!
Verstehen sie? Dieser kleine Apparat, der uns so augenscheinlich zeigte, was uns fehlt (Zivilisation, das Gefühl ein moderner Mensch zu sein, in der fortschrittlichen Welt überleben zu können), und der uns unseren Mangel so bildlich vor Augen führte, pervertierte

unser Leben. Wir taten alles, um diesen neu empfundenen Mangel zu beheben, nur um am Ende vor dem Nichts zu stehen!"
Eckehart hält inne und schaut uns an. „Ich denke, diese beiden Geschichten (Umala und das Fischerdorf) reichen aus, um uns zu zeigen, was passiert, wenn wir unserem Verstand und seinen Mechanismen weiterhin die Herrschaft überlassen, und nicht endlich lernen mit unserem Mangelbewusstsein vernünftig umzugehen.

November 2013 (24 Jahre nach 1989).

Natürlich nur ein „fiktiver" Gerichtstermin in einem Nachbarland von Umala:
Verteidiger: „Meine Mandantin die Königin bestreitet, an der Zerstörung von New Ohrlins 2005 und 2006, den über 10.000 astriatischen Toten 2013 durch einen Taifun und dem Unwetter auf der Insel Kartizien, sowie dem Orkan HAFER im gleichen Jahr, den Überschwemmungen in Serpien oder den Unwettern in NRW beteiligt gewesen zu sein. Sie sagt, sie habe auch die Unbewohnbarkeit der südlichen Länder und das Abtauen der Permafrostböden nicht zu verantworten, sie habe nichts getan!"
Staatsanwalt: „Sie wissen schon, Herr Verteidiger, dass ein solcher Straftatbestand auch durch Dulden oder Unterlassen zu Stande kommen kann?"

Verteidiger: „Meine Mandantin sagt, dass sie auch nicht allein die Verantwortung für die Königreiche der gesamten Erde gehabt habe, und dass die anderen genauso wenig und noch weniger getan hätten, um all das zu verhindern! Sie sagt weiterhin, dass die Industrie, die Unternehmen und die Finanzwirtschaft zu mächtig gewesen seien, um gegen sie etwas durchzusetzen."
Staatsanwalt: „Ihre Mandantin weiß, dass sie vom Volk gewählt wurde um Schaden abzuwehren und den Staat zu bewahren? Wenn dieser Aufgabe nicht gewachsen war, hätte sie eben abtreten müssen!"

Verteidiger: „Aber es ging doch auch um Arbeitsplätze…"
Staatsanwalt: „Von denen es jetzt kaum mehr welche gibt, da wir keine Rohstoffe mehr haben und damit auch keine Industrie oder Unternehmen, die Arbeitsplätze schaffen könnten. Abgesehen davon, dass kein Mensch bei diesen Extremwetterlagen mehr vor die Türe gehen kann und wenn doch, dass er dann Gefahr läuft ausgeplündert und ermordet zu werden. Was sagen sie dazu Herr Verteidiger?"
Verteidiger: „Das hat man zu der Regierungszeit der Königin so nicht voraussehen können!"
Staatsanwalt: „Blödsinn! Schon in den siebziger Jahren gab es den Bericht Global 1000 und danach die Berichte des Club of Throne, die jeder lesen und den sogar nicht studierte Menschen hätten verstehen können. Warum hat ihre Mandantin ihn nicht verstanden und wenn sie ihn verstanden hat, warum hat sie dann nichts getan?"
Verteidiger: „Meine Mandantin hat gedacht, dass alles gar nicht so schlimm sei und hat auf den Rat Ihrer Freunde gehört erst einmal abzuwarten!"

Staatsanwalt: „Ein Rat der dieses Mal hervorragend funktioniert hat, Herr Verteidiger. Sagen sie das doch mal der Menschheit da draußen die gerade dabei ist zu verhungern, oder zu ertrinken, oder von Taifunen hinweg gefegt wird und die keinerlei Rohstoffe mehr hat, um vernünftige, technische Lösungen verwirklichen zu können. Wie kann ihre Mandantin mit einer solchen Schuld überhaupt leben?"




1989. Ich bin ein Schauspieler.

„Es tut mir leid mein Herr", sagt die Bedienung, "aber ich schlafe nur mit Männern die ich liebe!"
Der Barmann zapft sein Bier und schweigt. Er streicht den übrigen Schaum mit einer Spachtel ab und stellt das gefüllte Glas zu den anderen.
„Frauen reden ständig von Liebe", denkt er, „aber meistens meinen sie Leid damit!"
Ein Blick in das Gesicht des jungen Mannes, der jetzt, nach dem ersten Bier am Morgen klar, stark und erfrischt aussieht, zeigt ihm, dass er den Totschläger nicht braucht.
Würde dieser Mann jetzt aufstehen und seinen Geschäften nachgehen – er könnte einen guten Tag haben. Stattdessen wird er ein zweites Bier bestellen, bevor er ins Büro geht und schon dieses zweite Bier wird seine Persönlichkeit verwässern, sie zerfließen lassen,

wie Eis in der Sonne zerfließt. Aber jetzt sieht der Mann noch frisch aus, optimistisch, trotz der Abfuhr die er gerade bekommen hat.
„Ein Bier", sagt der Mann und hebt den Kopf.
„Kommt sofort!"
Der alte Barmann zapft das Bier. „Frauen können Liebe und Leid nicht voneinander unterscheiden", führt er seine Gedankengänge weiter. „Für die Bedienung ist es zum Beispiel Liebe, wenn sie mit einem Kerl zusammen wohnt, der sie schlägt, ihr das Geld abnimmt und sie benutzt, wann immer er Lust dazu hat. Sie kennt es nicht anders, denn der Kerl davor tat das gleiche und der Kerl vor dem Kerl tat das auch."
Der alte Barmann denkt, dass sie wieder ihren Vater sucht, der hinterhältig und gemein und ein Psychopath war. Er denkt, dass sie ihren Vater sucht, damit sie sich nicht zu allein vorkommt in dieser großen, weiten Welt. „Alle Töchter lieben ihre Väter", denkt er, „aber sie sollten sich, wenn sie groß sind, etwas anderes suchen!"
„Bedienung!" Der Mann am Tisch drei hebt die Hand. Er und seine Begleiterin sitzen dort und trinken Kaffee und Wasser.
„Künstler", denkt der Barmann, denn er kennt sie.
„Schauspieler!"
Das Theater in dem sie spielen ist nur ein paar Blocks entfernt und der Barmann nimmt sich wieder einmal vor dorthin zu gehen.
Mary, die Bedienung die jetzt zu Tisch drei eilt, war schon dort. Es hat ihr gefallen und sie hat ihm lange von dem Stück erzählt, als sie gerade mal etwas Zeit hatten.
Deshalb weiß der Barmann, dass der Typ dort drüben einen Psychiater spielt und sie seine Kollegin ist. Sie

scheinen Probleme zu haben, „aber wer hat die nicht?", denkt der Barmann. Sie stellt Fragen, die er nicht beantworten kann und deshalb zusehends entmutigter wird. Schließlich steht sie auf, stellt ihren Stuhl neben ihn und nimmt ihn in den Arm. Als Mary dort ankommt, sitzen sie eng umschlungen.
„Vielleicht liebt sie ihn", denkt der Barmann. „Vielleicht kennt sie ja den Unterschied und vielleicht liebt er sie und das alles hat nichts mit Leid zu tun!"
Mary kommt auf ihn zu. „Noch zwei Kaffee für Tisch drei", sagt sie. „Die Schauspieler", ergänzt sie verschwörerisch und deutet mit dem Kopf unauffällig hinter sich.
„Ich weiß", sagt der Barmann.
„Du solltest unbedingt hingehen", sagt Mary, die Bedienung.
„Ich weiß", sagt der Barmann, „du hast es mir schon gesagt."
„Und?", fragt Mary und schaut ihn mit ihren braunen Rehaugen an.
„Und?", fragt der Barmann zurück, während der Kaffee zischend in die weiße darunter gehaltene Tasse läuft.
„Wirst du hingehen?"
„Ich weiß nicht", sagt der Barmann. „Es ist immer etwas trostlos allein ins Theater zu gehen."
Mary, die ein sehr hübsches, ovales Gesicht hat und eine sehr glatte, etwas kühle, weiße Haut, streicht ihre braunen, langen Locken aus dem Gesicht.
„Ich komme mit", erklärt sie ihm. „Du brauchst mir nur zu sagen wann!"
„Dann gehen wir morgen", sagt der Barmann. „Morgen haben wir frei."
„Dann morgen", sagt die Bedienung und nimmt das

Tablett mit den beiden Kaffees und dem Wasser.
„Ja Morgen", sagt der Barmann.




Mai 1990.

Charlotte zum letzten Mal. Auf einem Bahnsteig. Es ist idiotisch, ich weiß, aber ich will auf meine Art Abschied nehmen.
Ihre blauen Augen von einer Sonnenbrille verdeckt, zwischen uns zwei Gleise. Ich auf der einen Seite des Bahnsteigs und Charlotte auf der anderen.
Ich winke nicht.
Natürlich will ich, dass sie mich sieht und ich wünsche ihr im Stillen Glück für ihr neues Leben.
So stehe ich auf dem Bahnsteig drei, auf dem ein blaues Schild die Aufschrift "Basel, Badischer Bahnhof" trägt und schaue hinüber zum Bahnsteig fünf, auf dem Charlotte klein, drahtig, in Turnschuhen, kurzen Hosen und einem grünen Trägershirt steht und den zierlichen Kopf mit der großen Sonnenbrille sehr gerade hält.
Es ist warm und Durchsagen hallen, wie immer unverständlich, zwischen dem Rattern einfahrender und abfahrender Züge.
Ich bin auch hier, weil ich nicht achtlos sein möchte. Ich will, dass mein Schicksal spürt, dass ich das Glück, so einer Frau begegnet zu sein, zu schätzen weiß.
Du hast im Leben nicht viele solcher Begegnungen, wie

ich sie mit ihr gehabt habe. Du triffst viele Frauen und schläfst mit ihnen, aber es finden keine Begegnungen statt. Charlotte bin ich begegnet und ich habe es die ganze Zeit gewusst.
Außer den Frauen denen du begegnest, gibt es vielleicht noch ein, zwei Frauen, die du liebst und wenn du unglaubliches Glück hast eine, die dich wieder liebt.
Und dann gibt es noch die Mutter deiner Kinder, die in deinem Leben immer eine Sonderstellung einnimmt. Die Pforte zum Himmel, die diese kleinen Engel auf die Erde gebracht hat, die du deine Kinder nennst. So ist das im Leben, denke ich und sehe wieder zu Charlotte hinüber. Menschen hasten, als Kulisse unseres Abschieds, von einem Bahnsteig zum anderen und Charlotte sieht mich an. Sie nimmt die Brille nicht ab, aber ich sehe es daran, wie sie ihren Kopf plötzlich still hält, als sie in meine Richtung blickt. Von links fährt ein Zug auf Bahnsteig vier ein und als er abfährt, ist Charlotte verschwunden, so, als habe sie nie existiert!

Es ist Nacht.

„Die kleine Gasse sieht ein wenig wie Venedig aus", denkt der Barmann. „Alte Patrizierhäuser in einer schmalen Gasse aneinander gebaut, eine Laufbrücke, überdacht, über die gesamte Breite. Glasmalereien. Aber es fehlt die südländische Leichtigkeit und Eleganz. Oh ja,

die Häuser sind vornehm. Weiß verputzt mit massiven, roten Sandsteinen an den Ecken, aber doch eher wuchtig und solide. „Dafür stinkt es hier nicht", denkt der Barmann „und es ist eine andere Kälte. Trockener, nicht windgeblasen vom großen weiten Meer, wie auf der Lagune."
Es ist später Abend. Die Auslagen der Geschäfte leuchten hell. Schuhe, Kleidung – alles elegant und in der oberen Preisklasse. Menschen laufen vorbei, vermummt unter Hüten und Schals. Dumpf klopfen ihre Schritte den Stein.
Wieso der Barmann gerade jetzt, mitten im Winter, an Venedig denkt?
Da vorne jedenfalls kommt sie. Mary!
Sie trägt einen langen, schwarzen Mantel und ihr braunes, weiches Lockenhaar ist zu einer kunstvollen Frisur gesteckt.
Ihre langen, schönen Beine stecken, trotz der Kälte, in eleganten Pumps, was ihm schmeichelt. Sie hat sich Mühe gegeben, das sieht er und als er ihr, in der kleinen Garderobe, aus dem Mantel hilft, trägt sie ein halblanges, schwarzes, vorne hoch geschlossenes, enges Kleid. Keinen Schmuck, nicht einmal eine Uhr. Sie hat sich Mühe gegeben.
„Das steht dir gut", sagt der Barmann und ihre braunen Augen strahlen. „Danke".
Die kleine Garderobe ist angefüllt mit Menschen, als er die Mäntel abgibt. Die beiden Metallmarken steckt er in die Tasche.
Es ist ein kleines Theater und eine breite Treppe führt in den Saal. Mary nimmt wie selbstverständlich seinen Arm. Sie hüllt ihn ein in einen zarten Frühlingsduft, der ihn

erinnert, so wie ihn die Gasse an Venedig erinnert hat.
„Seltsam", denkt der Barmann. „Manchmal scheinen wir nur aus Erinnerungen zu bestehen. Alles erinnert."
Mary neben ihm fühlt sich gut an, so jung und weiblich und auch sie selbst erinnert ihn, während sie Treppen steigend und im Rhythmus auf und ab nickender Köpfe in den hohen, mit gewaltigen Steinen gemauerten Saal kommen.
„Eher ein Gewölbe", denkt der Barmann und die Sitze schienen aus einem alten Kino zu kommen. Die Reihen schräg nach unten ausgerichtet, bis zur Spielfläche hin, die sich ebenerdig nur durch Metallfliesen vom steinigen Boden getrennt abhebt. Es gibt vielleicht 200 Plätze, aber der Zuschauerraum ist viel voller. Es sind wahrscheinlich doppelt so viele Menschen hier und das, obwohl das Stück schon seit Wochen läuft. Christopher Durant: Trotz aller Therapie. **1989**.
Der Barmann denkt darüber nach einen Roman zu schreiben, während sie über Füße und Taschen steigen, um an ihre Plätze zu kommen.
Er ist froh, dass die Gewölbedecke so hoch ist und es gibt auch eine Belüftung, die gut zu funktionieren scheint.
Sie setzen sich und Mary rückt nahe an ihn heran, so dass sich ihre Schultern berühren.
„Ich hoffe, es gefällt dir", sagt sie und sieht ihn an.
„Es gefällt mir schon jetzt", sagt er und Mary lächelt.
Das Licht wird dunkler und sie kommen herein. Jeder der Schauspieler trägt einen Einrichtungsgegenstand und stellt ihn auf der Bühne ab. Nur einer bleibt, die restlichen Schemen verschwinden im Dunkel.
Sanftes Licht, das stärker wird, wie ein Sonnenaufgang hinter den Bergen.

Dr. Stuart Framingham! Vor einem Spiegel, der seine Brustbehaarung kämmt, während er sich selbstverliebt von allen Seiten betrachtet. Dann geht er zu seiner Sprechanlage und drückt den Knopf.
Dr. Stuart Framingham: „Du kannst den nächsten Patienten rein schicken Betty."
Prudence tritt auf.
Der Barmann stellt sich vor: Dieser Dr. Stuart Framingham ist in Wirklichkeit ein liebevoller Familienvater. Er hat zwei Kinder, eine Tochter und einen Sohn, die er über alles liebt und eine Frau. Vielleicht eine Tänzerin, die sich selbst sucht. Prudence, die jetzt als Patientin die Bühne betritt ist in diesen Dr. Stuart Framingham (oder aber in den Schauspieler der ihn spielt) verliebt, aber mit Bruce zusammen, den sie später im Stück kennen lernen wird.
Bruce wird eigentlich Wolfgang heißen und Wolfgang ist auch in der Realität mit Prudence zusammen.
Eine Geschichte die er schreiben will. Das weiß der Barmann.
Eines der Kapital hat er schon im Kopf:
*Ein kleiner Sitzungssaal in einem Hotel. Weiße Tische. In Hufeisenform zusammengestellt. Metall. Blaue Stühle gepolstert. An der Wand ein Whiteboard mit blauen, roten und grünen Stiften.*
*Davor er – Ulrich Eckehart. Vermutlich über 50. Glatze. Grauer, kurz geschnittener Haarkranz, fast wie der Prior einer Abtei. Hager, drahtig. Lebhafte, braungrüne Augen unter buschig, schwarzen, nach oben gebogenen Brauen. Große, leicht gekrümmte Nase Lachfalten.*
*Sakko, weiß und schwarz. Blaue Jeans, Slipper, angenehme Stimme, mit der er spielt, wie auf einem*

*Instrument. Große, aber nie übertriebene Gesten. Er vermutet: Schauspielausbildung, Dramaturgie. Auf jeden Fall Bühnenerfahrung, das sieht er sofort…*
Mary hat ihren luftig - braunen, Lockenkopf auf seine Schulter gelegt und der Barmann weiß, dass er heute Nacht nicht allein nach Hause gehen wird.

Ende

Nachwort:
Ich danke Ron Smothermon, der mir mit seinem Buch „Drehbuch für die Meisterschaft im Leben" und dem „Handbuch für das Dritte Jahr 1000" viele Ideen gegeben hat, die ich übernommen habe und Joseph O'Connor „NLP das Workbook". Ohne die Lektüre ihrer Bücher hätte ich diesen Roman nicht schreiben können.

Herstellung und Verlag:
BoD - Books on Demand, Norderstedt
ISBN 978-3-7412-9247-7